SURENA
GENERAL DES PARTHES,

TRAGEDIE.

A PARIS,
Chez GUILLAUME DE LUYNE, Libraire
Juré, au Palais en la Salle des Merciers,
ſous la montée de la Cour des
Aydes, à la Juſtice.

M. DC. LXXV.
Avec Privilege du Roy.

Extrait du Privilege du Roy.

PAr Grace & Privilége du Roy, donné à saint Germain en Laye le 6. jour de Décembre 1674. Signé, Par le Roy en son Conseil PERET. Il est permis à GUILLAUME DE LUYNE, Marchand Libraire à Paris, d'imprimer ou faire imprimer, vendre & debiter, durant cinq années entieres & accomplies une piece de Theatre intitulée *Suréna General des Parthes, Tragédie*, composée par le Sieur DE CORNEILLE. Avec défenses à tous autres de l'imprimer, vendre & debiter sans le consentement dudit Exposant ou de ceux qui auront droit de luy ? à peine de trois mille livres d'amende, & de tous dépens, dommages & interests; comme il est plus amplement porté par l'original des presentes.

Registré sur le Livre de la Communauté le 10. *de Decembre* 1674.

Signé D. THIERRY *Syndic.*

Achevé d'imprimer pour la premiere fois le 2. *Ianvier* 1675.

AU LECTEUR.

LE ſujet de cette Tragédie eſt tiré de Plutarque, & d'Appian Alexandrin. Ils diſent tous deux que Suréna étoit le plus noble, le plus riche, le mieux fait, & le plus vaillant des Parthes. Avec ces qualitez, il ne pouvoit manquer d'eſtre un des prémiers Hommes de ſon Siecle, & ſi je ne m'abuſe, la peinture que j'en ai faite ne l'a point rendu méconnoiſſable. Vous en jugerez.

ACTEURS.

ORODE, *Roy des Parthes.*

PACORUS, *Fils d'Orode.*

SURENA, *Lieutenant d'Orode, & General de son Armée contre Crassus.*

SILLACE, *Autre Lieutenant d'Orode.*

EURIDICE, *Fille d'Artabase Roy d'Arménie.*

PALMIS, *Sœur de Suréna.*

ORMENE, *Dame d'honneur d'Euridice.*

La Scene est à Séleucie, sur l'Euphrate.

SURENA GENERAL DES PARTHES.

TRAGEDIE.

ACTE I.

SCENE I.

EURIDICE, ORMENE.

EURIDICE.

NE me parle plus tant de joye & d'Hyménée.
Tu ne sçais pas les maux où je suis condamnée,
Orméne, c'est icy que doit s'éxécuter
Ce Traité qu'à deux Rois il a plû d'arréter,
Et l'on a préféré cette superbe Ville,
Ces murs de Séleucie, aux murs d'Hécatompyle :

La Reine & la Princesse en quittent le séjour,
Pour rendre en ces beaux lieux tout son lustre à la Cour ;
Le Roy les mande exprès, le Prince n'attend qu'elles,
Et jamais ces climats n'ont veu pompes si belles.
Mais que servent pour moy tous ces préparatifs,
Si mon cœur est esclave, & tous ses vœux captifs ;
Si de tous ces efforts de publique allegresse
Il se fait des sujets de trouble & de tristesse ?
J'aime ailleurs.

ORMENE.

Vous, Madame ?

EURIDICE.

Orméne, je l'ay teu,
Tant que j'ay pû me rendre à toute ma vertu.
N'espérant jamais voir l'Amant qui m'a charmée,
Ma flame dans mon cœur se tenoit renfermée,
L'absence & la raison sembloient la dissiper,
Le manque d'espoir mesme aidoit à me tromper,
Je creus ce cœur tranquille, & mon devoir sévére
Le préparoit sans peine aux loix du Roy mon pére,
Au choix qui luy plairoit, mais, ô Dieux ! quel tourment,
S'il faut prendre un époux aux yeux de cet Amant !

ORMENE.

Aux yeux de vostre Amant !

EURIDICE.

Il est temps de te dire
Et quel malheur m'accable, & pour qui je soupire :
Le mal qui s'évapore en devient plus leger,
Et le mien avec toy cherche à se soulager.
Quand l'avare Crassus, Chef des troupes Romaines,
Entreprit de dompter les Parthes dans leurs Plaines,
Tu sçais que de mon pére il brigua le secours,
Qu'Orode en fit autant au bout de quelques jours,

Que pour Ambassadeur il prit ce Héros mesme
Qui l'avoit sceu venger & rendre au Diadème.

ORMENE.

Ouy, je vy Suréna vous parler pour son Roy,
Et Cassius pour Rome avoir le mesme employ;
Je vy de ces Etatz l'orgueilleuse puissance
D'Artabase à l'envy mendier l'assistance,
Ces deux grands intérests partager vostre Cour,
Et des Ambassadeurs prolonger le séjour.

EURIDICE.

Tous deux ainsi qu'au Roy me rendirent visite,
Et j'en connus bien-tost le différent mérite.
L'un fier, & tout gonflé d'un vieux mépris des Rois,
Sembloit pour compliments nous apporter des loix:
L'autre par les devoirs d'un respect légitime
Vengeoit le sceptre en nous de ce manque d'estime.
L'amour s'en mesla mesme, & tout son entretien
Sembla m'offrir son cœur & demander le mien:
Il l'obtint, & mes yeux que charmoit sa presence
Soudain avec les siens en firent confidence;
Ces muets truchements sçeurent luy révéler
Ce que je me forçois à luy dissimuler,
Et les mesmes regards qui m'expliquoyent sa flame
S'instruisoient dans les miens du secret de mon ame.
Ses vœux y rencontroient d'aussi tendres desirs,
Un accord impréveu confondoit nos soupirs,
Et d'un mot échapé la douceur hazardée
Trouvoit l'ame en tous deux toute persuadée.

ORMENE.

Cependant est-il Roy, Madame?

EURIDICE.

Il ne l'est pas,
Mais il sçait rétablir les Rois dans leurs Etats.
Des Parthes le mieux fait d'esprit, & de visage,
Le plus puissant en biens, le plus grand en courage,

Le plus noble, joins y l'amour qu'il a pour moy,
Et tout cela vaut bien un Roy qui n'est que Roy.
Ne t'éfarouche point d'un feu dont je fais gloire,
Et souffre de mes maux que j'achéve l'histoire.
L'amour sous les dehors de la civilité
Profita quelque temps des longueurs du Traité,
On ne soupçonna rien des soins d'un si grand hôme,
Mais il fallut choisir entre le Parthe & Rome.
Mon pére eut ses raisons en faveur du Romain,
J'eus les miennes pour l'autre, & parlay mesme en
Je fus mal écoutée, & dans ce grand ouvrage [vain,
On ne daigna peser, ny conter mon suffrage.
Nous fusmes donc pour Rome, & Suréna confus
Emporta la douleur d'un indigne refus,
Il m'en parut émeu, mais il sçeut se contraindre,
Pour tout ressentiment il ne fit que nous plaindre,
Et comme tout son cœur me demeura soumis,
Nostre Adieu ne fut point un Adieu d'ennemis.
Que servit de flater l'espérance détruite?
Mon pére choisit mal, on l'a veu par la suite,
Suréna fit périr l'un & l'autre Crassus,
Et sur nostre Arménie Orode eut le dessus,
Il vint dans nos Etatz fondre comme un tonnerre;
Hélas! j'avois préveu les maux de cette guerre,
Et n'avois pas conté parmy ses noirs succès
Le funeste bonheur que me gardoit la paix.
Les deux Rois l'ont concluë, & j'en suis la victime,
On m'amène épouser un Prince magnanime,
Car son mérite en fin ne m'est point inconnu,
Et se feroit aimer d'un cœur moins prévenu;
Mais quand ce cœur est pris, & la place occupée,
Des vertus d'un rival en vain l'ame est frapée,
Tout ce qu'il a d'aimable importune les yeux,
Et plus il est parfait, plus il est odieux.
Cependant j'obéis, Ormène, je l'épouse,
Et de plus...

ORMENE.

Qu'auriez-vous de plus ?

EURIDICE.

Je suis jalouse,

ORMENE.

Jalouse ! quoy, pour comble aux maux dont je vous plains....

EURIDICE.

Tu vois ceux que je souffre, appren ceux que je crains.
Orode fait venir la Princesse sa fille,
Et s'il veut de mon bien enrichir sa famille,
S'il veut qu'un double Hymen honore un mesme jour,
Conçoy mes déplaisirs, je t'ay dit mon amour.
C'est bien assez, ô Ciel, que le pouvoir suprème
Me livre en d'autres bras aux yeux de ce que j'aime,
Ne me condamne pas à ce nouvel ennuy
De voir tout ce que j'aime entre les bras d'autruy.

ORMENE.

Vostre douleur, Madame, est trop ingénieuse,

EURIDICE.

Quand on a commencé de se voir malheureuse,
Rien ne s'offre à nos yeux qui ne fasse trembler,
La plus fausse apparence a droit de nous troubler,
Et tout ce qu'on prévoit, tout ce qu'on s'imagine,
Forme un nouveau poison pour une ame chagrine.

ORMENE.

En ces nouveaux poisons trouvez-vous tant d'appas,
Qu'il en faille faire un d'un Hymen qui n'est pas ?

EURIDICE.

La Princesse est mandée, elle vient, elle est belle,
Un vainqueur des Romains n'est que trop digne d'elle,
S'il la voit, s'il luy parle, & si le Roy le veut....
J'en dis trop, & déja tout mon cœur qui s'émeut....

ORMENE.

A soulager vos maux appliquez mesme étude,
Qu'à prendre un vain soupçon pour une certitude:
Songez par où l'aigreur s'en pourroit adoucir.

EURIDICE.

J'y fais ce que je puis, & n'y puis réussir
N'osant voir Suréna qui régne en ma pensée
Et qui me croit peut-estre une ame intéressée,
Tu vois quelle amitié j'ay faite avec sa sœur :
Je croy le voir en elle, & c'est quelque douceur,
Mais legére, mais foible, & qui me géne l'ame
Par l'inutile soin de luy cacher ma flame.
Elle la sçait sans doute, & l'air dont elle agit
M'en demande un aveu dont mon devoir rougit,
Ce frére l'aime trop pour s'estre caché d'elle ;
N'en use pas de mesme, & sois moy plus fidelle,
Il suffit qu'avec toy j'amuse mon ennuy :
Toutefois, tu n'as rien à me dire de luy,
Tu ne sçais ce qu'il fait, tu ne sçais ce qu'il pense,
Une sœur est plus propre à cette confiance.
Elle sçait s'il m'accuse, ou s'il plaint mon malheur,
S'il partage ma peine, ou rit de ma douleur,
Si du vol qu'on luy fait il m'estime complice,
S'il me garde son cœur, ou s'il me rend justice.
Je la voy, force la, si tu peux, à parler,
Force moy, s'il le faut, à ne luy rien celer.
L'oseray-je, grands Dieux, ou plutost le pourray-je?

ORMENE.

L'amour, dès qu'il le veut, se fait un privilège,
Et quand de se forcer ses desirs sont lassez,
Luy-mesme à n'en rien taire il s'enhardit assez.

SCENE II.

EURIDICE, PALMIS, ORMENE.

PALMIS.

J'Apporte icy, Madame, une heureuse Nouvelle,
Ce soir la Reine arrive.

EURIDICE.

Et Mandane avec elle?

PALMIS.

On n'en fait aucun doute.

EURIDICE.

Et Suréna l'attend
Avec beaucoup de joye, & d'un esprit content?

PALMIS.

Avec tout le respect qu'elle a lieu d'en attendre.

EURIDICE.

Rien de plus?

PALMIS.

Qu'à de plus un Sujet à luy rendre?

EURIDICE.

Je suis trop curieuse, & devrois mieux sçavoir
Ce qu'aux filles des Rois un Sujet peut devoir.
Mais de pareils Sujets sur qui tout l'Etat roule
Se font assez souvent distinguer de la foule,
Et je sçay qu'il en est, qui, si j'en puis juger,
Avec moins de respect sçavent mieux obliger.

PALMIS.

Je n'en sçay point, Madame, & ne croy pas mon frére
Plus sçavant que sa sœur en un pareil mystére.

EURIDICE.

Passons. Que fait le Prince ?

PALMIS.

En véritable Amant
Doutez-vous qu'il ne soit dans le ravissement,
Et pourroit-il n'avoir qu'une joye imparfaite,
Quand il se voit toucher au bonheur qu'il souhaite ?

EURIDICE.

Peut-estre n'est-ce pas un grand bonheur pour luy,
Madame, & j'y craindrois quelque sujet d'ennuy.

PALMIS.

Et quel ennuy pourroit mesler son amertume
Au doux & plein succès du feu qui le consume ?
Quel chagrin a dequoy troubler un tel bonheur ?
Le don de vostre main . . .

EURIDICE.

La main n'est pas le cœur.

PALMIS.

Il est maistre du vostre.

EURIDICE.

Il ne l'est point, Madame,
Et mesme je ne sçay s'il le sera de l'ame,
Jugez après cela quel bon-heur est le sien.
Mais achevons, de grace, & ne deguisons rien,
Sçavez-vous mon secret ?

PALMIS.

Je sçay celuy d'un frére.

EURIDICE.

Vous sçavez donc le mien. Fait-il ce qu'il doit faire ?
Me hait-il ? & son cœur justement irrité
Me rend il sans regret ce que j'ay mérité ?

PALMIS.

Ouy, Madame, il vous rend tout ce qu'une grande ame
Doit au plus grand mérite & de zèle & de flame.

EURIDICE.

Il m'aimeroit encor !

PALMIS.

C'eſt peu de dire aimer ;
Il ſouffre ſans murmure, & j'ay beau vous blaſmer,
Luy-méme il vous défend, vous excuſe ſans ceſſe.
Elle eſt fille, & de plus, dit-il, *elle eſt Princeſſe*.
Ie ſçay les droits d'un pére, & connois ceux d'un Roy,
Ie ſçay de ſes devoirs l'indiſpenſable loy,
Ie ſçay quel rude ioug dès ſa plus tendre enfance
Impoſent à ſes vœux ſon rang & ſa naiſſance :
Son cœur n'eſt pas exempt d'aimer, ny de haïr,
Mais qu'il aime, ou haïſſe, il luy faut obéir,
Elle m'a tout donné ce qui dépendoit d'elle,
Et ma reconnoiſſance en doit eſtre éternelle.

EURIDICE.

Ah, vous redoublez trop par ce diſcours charmant
Ma haine pour le Prince, & mes feux pour l'Amant,
Finiſſons-le, Madame, en ce malheur extrème
Plus je hay, plus je ſouffre, & ſouffre autant que [j'aime.

PALMIS.

N'irritons point vos maux & changeons d'entretien.
Je ſçay voſtre ſecret, ſachez auſſi le mien.
Vous n'étes pas la ſeule à qui la Deſtinée
Prépare un long ſupplice en ce grand Hyménée.
Le Prince...

EURIDICE.

Au nom des Dieux ne me le nommez pas ;
Son nom ſeul me prépare à plus que le trépas.

PALMIS.

Un tel excès de haine !

EURIDICE.

Elle n'eſt que trop deuë
Aux mortelles douleurs dont m'accable ſa veuë.

PALMIS.

Et bien, ce Prince donc qu'il vous plaiſt de haïr,
Et pour qui voſtre cœur s'apreſte à ſe trahir,
Ce Prince qui vous aime, il m'aimoit,

EURIDICE.

L'infidelle!

PALMIS.

Nos vœux étoient pareils, nostre ardeur mutüelle,
Je l'aimois.

EURIDICE.

Et l'ingrat brise des nœuds si doux!

PALMIS.

Madame, est il des cœurs qui tiennent contre [vous?
Est il vœux, ny sermens qu'ils ne vous sacrifient?
Si l'ingrat me trahit, vos yeux le justifient,
Vos yeux qui sur moy-mesme ont un tel ascendant...

EURIDICE.

Vous demeurez à vous, Madame, en le perdant,
Et le bien d'estre libre aisément vous console
De ce qu'a d'injustice un manque de parole,
Mais je deviens esclave, & tels sont mes malheurs,
Qu'en perdant ce que j'aime, il faut que j'aime ailleurs.

PALMIS.

Madame, trouvez-vous ma fortune meilleure?
Vous perdez vostre Amant, mais son cœur vous demeure,
Et j'éprouve en mon sort une telle rigueur,
Que la perte du mien m'enléve tout son cœur.
Ma conqueste m'échape où les vostres grossissent,
Vous faites des captifs des miens qui s'affrãchissent,
Vostre Empire s'augmente où se détruit le mien,
Et de toute ma gloire il ne me reste rien.

EURIDICE.

Reprenez vos captifs, rasseurez vos conquestes,
Rétablissez vos loix sur les plus grandes testes,
J'en seray peu jalouse, & préfére à cent Rois
La douceur de ma flame, & l'éclat de mon choix:
La main de Suréna vaut mieux qu'un diadème.
Mais dites-moy, Madame, est-il bien vray qu'il m'aime,

Dites, & s'il est vray, pourquoy fuit-il mes yeux?

PALMIS.

Madame, le voici qui vous le dira mieux.

EURIDICE.

Juste Ciel, à le voir, déja mon cœur soupire!
Amour, sur ma vertu prens un peu moins d'empire.

SCENE III.

EURIDICE SURENA.

EURIDICE.

JE vous ay fait prier de ne me plus revoir,
Seigneur, vostre présence étonne mon devoir;
Et ce qui de mon cœur fit toutes les délices
Ne sçauroit plus m'offrir que de nouveaux supplices,
Osez-vous l'ignorer, & lors que je vous voy
S'il me faut trop souffrir, souffrez-vous moins que moy?
Souffrons-nous moins tous deux pour soupirer ensemble?
Allez, contentez-vous d'avoir veu que j'en tremble,
Et du moins par pitié d'un triomphe douteux
Ne me hazardez plus à des soupirs honteux.

SURENA.

Je sçay ce qu'à mon cœur coutera vostre veuë,
Mais qui cherche à mourir doit chercher ce qui tuë.
Madame, l'heure approche, & demain vostre foy
Vous fait de m'oublier une éternelle loy,
Je n'ay plus que ce jour, que ce moment de vie;

Pardonnez à l'amour qui vous la sacrifie,
Et souffrez qu'un soupir exhale à vos genoux,
Pour ma dernière joye, une ame toute à vous.

EURIDICE.

Et la mienne, Seigneur, la jugez-vous si forte,
Que vous ne craigniez point que ce moment l'emporte,
Que ce mesme soupir qui tranchera vos jours
Ne tranche aussi des miens le déplorable cours?
Vivez, Seigneur, vivez, afin que je languisse,
Qu'à vos feux ma langueur rende long-temps justice;
Le trépas à vos yeux me sembleroit trop doux,
Et je n'ay pas encore assez souffert pour vous.
Je veux qu'un noir chagrin à pas lents me consume,
Qu'il me fasse à longs traits gouster son amertume,
Je veux, sans que la mort ose me secourir,
Toujours aimer, toujours souffrir, toujours mourir.
Mais pardonneriez-vous l'aveu d'une foiblesse
A cette douloureuse & fatale tendresse?
Vous pourriez-vous, Seigneur, resoudre à soulager
Un malheur si pressant, par un bonheur leger?

SURENA.

Quel bonheur peut dépendre icy d'un miserable,
Qu'aprés tant de faveurs son amour mesme accable?
Puis-je encor quelque chose en l'état où je suis?

EURIDICE.

Vous pouvez m'épargner d'assez rudes ennuis.
N'épousez point Madame, exprès on l'a mandée,
Mon chagrin, mes soupçons m'en ont persuadée;
N'adjoustez point, Seigneur, à des malheurs si grands
Celuy de vous unir au sang de mes tyrans,
De remettre en leurs mains le seul bien qui me reste,
Vostre cœur; un tel don me seroit trop funeste,

Je veux

Je veux qu'il me demeure ; & malgré vostre Roy,
Disposer d'une main qui ne peut estre à moy.

SURENA.

Plein d'un amour si pur & si fort que le nostre,
Aveugle pou Mandane, aveugle pour toute autre,
Comme je n'ay plus d'yeux vers elles à tourner,
Je n'ay plus ny de cœur, ny de main à donner.
Je vous aime & vous perds. Après cela, Madame,
Seroit-il quelque Hymen que pûst souffrir mon ame ?
Seroit-il quelques nœuds où se pust attacher
Le bonheur d'un Amant qui vous étoit si cher,
Et qu'à force d'amour vous rendez incapable
De trouver sous le Ciel quelque chose d'aimable ?

EURIDICE.

Ce n'est pas là de vous, Seigneur, ce que je veux.
A la Postérité vous devez des neveux,
Et ces illustres morts, dont vous tenez la place,
Ont assez mérité de revivre en leur race.
Je ne veux pas l'éteindre, & tiendrois à forfait,
Qu'il m'en fust échapé le plus leger souhait.

SURENA.

Que tout meure avec moy, Madame. Que m'importe
Qui foule aprés ma mort la Terre qui me porte ?
Sentiront-ils percer par un éclat nouveau,
Ces illustres Ayeux, la nuit de leur tombeau ?
Respireront-ils l'air où les feront revivre
Ces neveux qui peut-estre auront peine à les suivre,
Peut-estre ne feront que les deshonorer,
Et n'en auront le sang que pour dégénérer ?
Quand nous avons perdu le jour qui nous éclaire,
Cette sorte de vie est bien imaginaire,
Et le moindre moment d'un bonheur souhaité
Vaut mieux qu'une si froide & vaine éternité.

EURIDICE.

Non, non, je ſuis jalouſe, & mon impatience
D'affranchir mon amour de toute défiance,
Tant que je vous verray maiſtre de voſtre foy,
La croira réſervée aux volontez du Roy :
Mandane aura toujours un plein droit de vous plaire,
Ce ſera l'épouſer que de le pouvoir faire,
Et ma haine ſans ceſſe aura dequoy trembler,
Tant que par là mes maux pourront ſe redoubler.
Il faut qu'un autre hymen me mette en aſſûrance.
N'y portez, s'il ſe peut, que de l'indifférence,
Mais par de nouveaux feux deuſſiez-vous me trahir,
Je veux que vous aimiez afin de m'obeïr :
Je veux que ce grand choix ſoit mon dernier ouvrage,
Qu'il tienne lieu vers moy d'un éternel hommage,
Que mon ordre le régle, & qu'on me voye enfin
Reine de voſtre cœur, & de voſtre destin ;
Que Mandane, en dépit de l'eſpoir qu'on lui donne,
Ne pouvant s'élever jusqu'à voſtre perſonne,
Soit réduite à deſcendre à ces malheureux Rois,
A qui, quand vous voudrez, vous donnerez des loix.
Et n'appréhendez point d'en regretter la perte ;
Il n'eſt Cour ſous les Cieux qui ne vous ſoit ouverte,
Et partout voſtre gloire a fait de tels éclats,
Que les filles de Roy ne vous manqueront pas.

SURENA.

Quand elles me rendroient maiſtre de tout un Monde,
Abſolu ſur la Terre, & ſouverain ſur l'Onde,
Mon cœur . . .

EURIDICE.

N'achevez point, l'air dont vous commencez
Pourroit à mon chagrin ne plaire pas aſſez,

Et d'un cœur qui veut estre encor sous ma puissance
Je ne veux recevoir que de l'obéïssance.

SURENA.

A qui me donnez-vous ?

EURIDICE.

Moy ? Que ne puis-je, Hélas !
Vous oster à Mandane, & ne vous donner pas,
Et contre les soupçons de ce cœur qui vous aime,
Que ne m'est-il permis de m'asseûrer moy-mesme !
Mais adieu, je m'egare.

SURENA.

Où doy-je recourir,
O Ciel, s'il faut toujours aimer, souffrir, mourir ?

Fin du prémier Acte.

ACTE II.

SCENE I.

PACORUS, SURENA.

PACORUS.

SUrèna, vostre zèle a trop servi mon pére,
Pour m'en laisser attendre un devoir moins sincére,
Et si près d'un Hymen qui doit m'estre assez doux,
Je mets ma confiance & mon espoir en vous.
Palmis avec raison de cet Hymen murmure,
Mais je puis réparer ce qu'il luy fait d'injure,
Et vous n'ignorez pas qu'à former ces grands nœuds
Mes pareils ne sont point tout à fait maistres d'eux.
Quand vous voudrez tous deux attacher vos tendresses,
Il est des Rois pour elle, & pour vous des Princesses,
Et je puis hautement vous engager ma foy,
Que vous ne vous plaindrez du Prince, ny du Roy.

SURENA.

Cessez de me traiter, Seigneur, en mercénaire,
Je n'ay jamais servi par espoir de salaire,
La gloire m'en suffit, & le prix que reçoit . . .

PACORUS.

Je ſçay ce que je dois, quand on fait ce qu'on doit,
Et ſi de l'accepter ce grand cœur vous diſpenſe,
Le mien ſe ſatisfait alors qu'il récompenſe.
J'épouſe une Princeſſe, en qui les doux accords
Des graces de l'eſprit avec celles du corps
Forment le plus brillant & plus noble aſſemblage,
Qui puiſſe orner une ame, & parer un viſage.
Je n'en dis que ce mot, & vous ſçavez aſſez
Quels en ſont les attraits, vous qui la connoiſſez.
Cette Princeſſe donc, ſi belle, ſi parfaite,
Je crains qu'elle n'ait pas ce que plus je ſouhaite,
Qu'elle manque d'amour, ou pluſtoſt, que ſes vœux
N'aillent pas tout-à-fait du coſté que je veux.
Vous qui l'avez tant veuë, & qu'un devoir fidelle
A tenu ſi long-temps près de ſon pére & d'elle,
Ne me déguiſez point ce que dans cette Cour
Sur de pareils ſoupçons vous auriez eu de jour.

SURENA.

Je la voyois, Seigneur, mais pour gagner ſon pére,
C'étoit tout mon employ, c'étoit ma ſeule affaire,
Et je croyois par elle eſtre ſeur de ſon choix,
Mais Rome & ſon intrigue eurent le plus de voix.
Du reste, ne prenant intéreſt à m'inſtruire,
Que de ce qui pouvoit vous ſervir, ou vous nuire,
Comme je me bornois à remplir ce devoir,
Je puis n'avoir pas veu ce qu'un autre euſt pû voir.
Si j'euſſe preſſenti que, la guerre achevée,
A l'honneur de vos feux elle étoit réſervée,
J'aurois pris d'autres ſoins, & plus examiné;
Mais j'ay ſuivy mon ordre, & n'ay point deviné.

PACORUS.

Quoy! de ce que je crains vous n'auriez nulle idée,
Par aucune Ambaſſade on ne l'a demandée?

Aucun Prince auprés d'elle, aucun digne Sujet
Par ses attachemens n'a marqué de projet ?
Car il vient quelquefois du milieu des Provinces
Des Sujets en nos Cours qui valent bien des Princes,
Et par l'objet présent les sentimens émeus
N'attendent pas toujours des Rois qu'on n'a point [veus.

SURENA.

Durant tout mon sejour rien n'y blessoit ma veuë;
Je n'y rencontrois point de visite assiduë,
Point de devoirs suspects, ny d'entretiens si doux,
Que, si j'avois aimé; j'en deusse estre jaloux.
Mais qui vous peut donner cette importune crainte,
Seigneur ?

PACORUS.

Plus je la voy, plus j'y voy de contrainte.
Elle semble, aussi-tost que j'ose en approcher,
Avoir je ne sçay quoy qu'elle me veut cacher.
Non qu'elle ait jusqu'icy demandé de remise :
Mais ce n'est pas m'aimer, ce n'est qu'estre soumise,
Et tout le bon accueil que j'en puis recevoir,
Tout ce que j'en obtiens, ne part que du devoir.

SURENA.

N'en appréhendez rien. Encor toute étonnée,
Toute tremblante encor au seul nom d'Hyménée,
Pleine de son pays, pleine de ses parents,
Il luy passe en l'esprit cent chagrins différents.

PACORUS.

Mais il semble à la voir que son chagrin s'ap- [plique
A braver par dépit l'allegresse publique.
Inquiéte, resveuse, insensible aux douceurs
Que par un plein succés l'amour verse en nos cœurs...

SURENA.

Tout cessera, Seigneur, dès que sa foy receuë
Aura mis en vos mains la main qui vous est deuë;

Vous verrez ces chagrins détruits en moins d'ũ jour,
Et toute sa vertu devénir toute amour.

PACORUS.

C'est beaucoup hazarder que de prendre assũrance
Sur une si legére & douteuse espérance.
Et qu'aura cet amour d'heureux, de singulier,
Qu'à son trop de vertu je devray tout entier?
Qu'aura-t-il de charmant, cet amour, s'il ne donne
Que ce qu'un triste Hymen ne refuse à personne,
Esclave dédaigneux d'une odieuse loy,
Qui n'est pour toute chaisne attaché qu'à sa foy?
Pour faire aimer ses loix, l'Hymen ne doit en faire
Qu'afin d'authoriser la pudeur à se taire,
Il faut, pour rendre hureux, qu'il donne sans gesner,
Et preste un doux prétexte à qui veut tout donner.
Que fera-ce, grands Dieux! si toute ma tendresse
Rencontre un souvenir plus cher à ma Princesse,
Si le cœur pris ailleurs ne s'en arrache pas,
Si pour un autre objet il soûpire en mes bras?
Il faut, il faut enfin m'éclaircir avec elle.

SURENA.

Seigneur, je l'aperçoy, l'occasion est belle,
Mais si vous en tirez quelque éclaircissement
Qui donne à vostre crainte un juste fondement,
Que ferez-vous?

PACORUS.

J'en doute, & pour ne vous rien feindre,
Je croy m'aimer assez pour ne la pas contraindre;
Mais tel chagrin aussi pourroit me survenir,
Que je l'épouserois afin de la punir.
Un Amant dédaigné souvent croit beaucoup faire,
Quand il rompt le bonheur de ce qu'on luy préfére.
Mais elle approche. Allez, laissez-moy seul agir,
J'aurois peur devant vous d'avoir trop à rougir.

SCENE II.

PACORUS, EURIDICE.

PACORUS.

QUoy, Madame, venir vous-mesme à ma rencontre !
Cet excès de bonté que vostre cœur me montre. . .

EURIDICE.

J'allois chercher Palmis, que j'aime à consoler
Sur un malheur qui presse, & ne peut reculer.

PACORUS.

Laissez-moy vous parler d'affaires plus pressées,
Et songez qu'il est temps de mouvrir vos pensées ;
Vous vous abuseriez à les plus retenir.
Je vous aime, & demain l'Hymen doit nous unir,
M'aimez-vous ?

EURIDICE.

Ouy, Seigneur, & ma main vous est seure.

PACORUS.

C'est peu que de la main, si le cœur en murmure.

EURIDICE.

Quel mal pourroit causer le murmure du mien,
S'il murmuroit si bas qu'aucun n'en apprist rien ?

PACORUS.

Ah ! Madame, il me faut un aveu plus sincére.

EURIDICE.

Epousez-moy, Seigneur, & laissez-moy me taire,
Un pareil doute offense, & cette liberté
S'attire quelquefois trop de sincérité.

PACORUS.

C'est ce que je demande, & qu'un mot sans contrainte
Justifie aujourd'huy mon espoir, ou ma crainte.
Ah, si vous connoissiez ce que pour vous je sens !

EURIDICE.

Je ferois ce que font les cœurs obéissants,
Ce que veut mon devoir, ce qu'attend vostre flame,
Ce que je fais enfin.

PACORUS.

Vous feriez plus, Madame,
Vous me feriez justice, & prendriez plaisir
A montrer que nos cœurs ne forment qu'un desir.
Vous me diriez sans cesse, *ouy, Prince, ie vous aime,*
Mais d'une passion comme la vostre extrême,
Ie sens le mesme feu, ie fay les mesmes vœux,
Ce que vous souhaitez est tout ce que ie veux,
Et cette illustre ardeur ne sera point contente,
Qu'un glorieux Hymen n'ait remply nostre attente.

EURIDICE.

Pour vous tenir, Seigneur, un langage si doux,
Il faudroit qu'en amour j'en sceusse autant que vous.

PACORUS.

Le véritable amour, dès que le cœur soupire,
Instruit en un moment de tout ce qu'on doit dire,
Ce langage à ses feux n'est jamais importun,
Et si vous l'ignorez, vous n'en sentez aucun.

EURIDICE.

Suppléez-y, Seigneur, & dites vous vous mesme
Tout ce que sent un cœur dès le moment qu'il aime,
Faites vous-en pour moy le charmant entretien,
J'avoüray tout, pourveu que je n'en dise rien.

PACORUS.

Ce langage est bien clair, & je l'entens sans peine.
Au defaut de l'amour auriez-vous de la haine ?

Je ne veux pas le croire, & des yeux si charmants...

EURIDICE.

Seigneur, sçachez pour vous quels sont mes sentiments.
Si l'amitié vous plaist, si vous aimez l'estime,
A vous les refuser je croirois faire un crime :
Pour le cœur, si je puis vous le dire entre nous,
Je ne m'aperçoy point qu'il soit encor à vous.

PACORUS.

Ainsi donc ce Traité qu'ont fait les deux Couronnes...

EURIDICE.

S'il a pû l'une à l'autre engager nos personnes,
Au seul don de la main son droit est limité,
Et mon cœur avec vous n'a point fait de Traité.
C'est sans vous le devoir que je fais mon possible
A le rendre pour vous plus tendre & plus sensible,
Je ne sçay si le temps l'y pourra disposer,
Mais qu'il le puisse, ou non, vous pouvez m'épouser.

PACORUS.

Je le puis, je le doy, je le veux, mais, Madame,
Dans ces tristes froideurs dont vous payez ma flame,
Quelqu'autre amour plus fort...

EURIDICE.

Qu'osez-vous demander,
Prince ?

PACORUS.

De mon bonheur ce qui doit décider.

EURIDICE.

Est-ce un aveu qui puisse échaper à ma bouche?

PACORUS.

Il est tout échapé, puisque ce mot vous touche.
Si vous n'aviez du cœur fait ailleurs l'heureux don,
Vous auriez moins de gesne à me dire que non,
Et pour me garantir de ce que j'appréhende
La réponse avec joye eust suivy la demande.

Madame, ce qu'on fait sans honte & sans remords
Ne coûte rien à dire, il n'y faut point d'efforts,
Et sans que la rougeur au visage nous monte...

EURIDICE.

Ah, ce n'est point pour moy que je rougis de hôte;
Si j'ay pû faire un choix, je l'ay fait assez beau
Pour m'en faire un hôneur jusque dans le tombeau,
Et quand je l'avoûray, vous aurez lieu de croire
Que tout mon avenir en aimera la gloire.
Je rougis, mais pour vous, qui m'osez demander
Ce qu'on doit avoir peine à se persüader,
Et je ne comprens point avec quelle prudence
Vous voulez qu'avec vous j'en fasse confidence,
Vous, qui près d'un Hymen accepté par devoir,
Devriez sur ce point craindre de trop sçavoir.

PACORUS.

Mais il est fait ce choix qu'on s'obstine à me taire,
Et qu'on cherche à me dire avec tant de mystére?

EURIDICE.

Je ne vous le dy point, mais si vous m'y forcez,
Il vous en coutera plus que vous ne pensez.

PACORUS.

Et bien, Madame, & bien, sçachons, quoy qu'il en coûte,
Quel est ce grand rival qu'il faut que je redoute.
Dites, est-ce un Héros? est-ce un Prince? est-ce un Roy?

EURIDICE.

C'est ce que j'ay connu de plus digne de moy.

PACORUS.

Si le mérite est grand, l'estime est un peu forte;

EURIDICE.

Vous la pardonnerez à l'amour qui s'emporte,
Comme vous le forcez à se trop expliquer,
S'il manque de respect, vous l'en faites manquer,
Il est si naturel d'estimer ce qu'on aime,
Qu'on voudroit que par tout on l'estimast de mesme,

Et la pente est si douce à vanter ce qu'il vaut,
Que jamais on ne craint de l'élever trop haut.

PACORUS.

C'est en dire beaucoup.

EURIDICE.

Apprenez davantage,
Et sçachez que l'effort où mon devoir m'engage
Ne peut plus me réduire à vous donner demain
Ce qui vous étoit seur, je veux dire, ma main.
Ne vous la promettez, qu'après que dans mon ame
Vostre mérite aura dissipé cette flame,
Et que mon cœur charmé par des attraits plus doux
Se sera répondu de n'aimer rien que vous.
Et ne me dites point que pour cet Hyménée
C'est par mon propre aveu qu'on a pris la journée,
J'en sçay la conséquence, & différe à regret:
Mais puisque vous m'avez arraché mon secret,
Il n'est ny Roy, ny pére, il n'est priére, empire,
Qu'au péril de cent mort, mõ cœur n'ose en dedire.
C'est ce qu'il n'est plus temps de vous dissimuler,
Seigneur, & c'est le prix de m'avoir fait parler.

PACORUS.

A ces bontez, Madame, adjoustez une grace,
Et du moins attendant que cette ardeur se passe,
Apprenez-moy le nom de cet heureux Amant
Qui sur tant de vertu régne si puissamment,
Par quelles qualitez il a pû la surprendre.

EURIDICE.

Ne me pressez point tant, Seigneur, de vous l'apprendre.
Si je vous l'avois dit...

PACORUS.

Achevons.

EURIDICE.

Dès demain
Rien ne m'empescheroit de luy donner la main.

PACO-

PACORUS.

Il est donc en ces lieux, Madame ?

EURIDICE.

Il y peut estre,
Seigneur, si déguisé qu'on ne le peut connoistre.
Peut-estre en Domestique est-il auprès de moy,
Peut-estre s'est-il mis de la maison du Roy,
Peut-estre chez vous-mesme il s'est réduit à feindre;
Craignez-le dans tous ceux que vous ne daignez craindre,
Dans tous les inconnus que vous aurez à voir,
Et plus que tout encor, craignez de trop sçavoir.
J'en dy trop, il est temps que ce discours finisse,
A Palmis que je voy rendez plus de justice,
Et puissent de nouveau ses attraits vous charmer,
Jusqu'à ce que le temps m'apprenne à vous aimer.

SCENE III.

PACORUS, PALMIS.

PACORUS.

Madame, au nom des Dieux ne venez pas vous plaindre,
On me donne sans vous assez de gens à craindre,
Et je serois bientost accablé de leurs coups,
N'étoit que pour azyle on me renvoye à vous.
J'obéis, j'y reviens, Madame, & cette joye...

PALMIS.

Que n'y revenez-vous sans qu'on vous y renvoye ?

Vostre amour ne fait rien, ny pour moy, ny pour luy,
Si vous n'y revenez que par l'ordre d'autruy.

PACORUS.

N'est-ce rien que pour vous à cet ordre il défére ?

PALMIS.

Non, ce n'est qu'un dépit qu'il cherche à satisfaire.

PACORUS.

Depuis quand le retour d'un cœur comme le mien
Fait-il si peu d'honneur, qu'on ne le conte à rien ?

PALMIS.

Depuis qu'il est honteux d'aimer un infidelle,
Que ce qu'un mépris chasse un coup d'œil le rappelle,
Et que les inconstants ne donnent point de cœurs,
Sans estre encor tous prests de les porter ailleurs.

PACORUS.

Je le suis, je l'avouë, & mérite la honte
Que d'un retour suspect vous fassiez peu de conte ;
Montrez-vous généreuse, & si mon changement
A changé vostre amour en vif ressentiment,
Immolez un couroux si grand, si légitime,
A la juste pitié d'un si malheureux crime.
J'en suis assez puny sans que l'indignité...

PALMIS.

Seigneur, le crime est grand, mais j'ay de la bonté,
Je sçay ce qu'à l'Etat ceux de vostre naissance,
Tous maistres qu'ils en sont, doivent d'obeïssance ;
Son intérest chez eux l'emporte sur le leur,
Et du moment qu'il parle, il fait taire le cœur.

PACORUS.

Non, Madame, souffrez que je vous desabuse,
Je ne mérite point l'honneur de cette excuse,
Ma légéreté seule a fait ce nouveau choix,
Nulles raisons d'Etat ne m'en ont fait de loix,
Et pour traiter la paix avec tant d'avantage
On ne m'a point forcé de m'en faire le gage ;

J'ay pris plaisir à l'estre, & plus mon crime est noir,
Plus l'oubly que j'en veux me fera vous devoir.
Tout mon cœur....

PALMIS.

Entre Amants qu'un changement sépare
Le crime est oublié si-tost qu'on le répare,
Et bien qu'il vous ait plû, Seigneur, de me trahir,
Je le dis malgré moy, je ne vous puis haïr.

PACORUS.

Faites-moy grace entiére, & songez à me rendre
Ce qu'un amour si pur, ce qu'une ardeur si tendre...

PALMIS.

Donnez-moy donc, Seigneur, vous-mesme quelque jour
Quelque infaillible voye à fixer vostre amour,
Et s'il est un moyen....

PACORUS.

S'il en est, ouy, Madame,
Il en est de fixer tous les vœux de mon ame,
Et ce joug qu'à tous deux l'Amour rendit si doux,
Si je ne m'y rattache, il ne tiendra qu'à vous.
Il est pour m'arréter sous un si digne Empire
Un office à me rendre, un secret à me dire.
La Princesse aime ailleurs, je n'en puis plus douter,
Et doute quel rival s'en fait mieux écouter.
Vous étes avec elle en trop d'intelligence,
Pour n'en avoir pas eu toute la confidence;
Tirez-moy de ce doute, & recevez ma foy
Qu'autre que vous jamais ne régnera sur moy.

PALMIS.

Quel gage en est-ce (hélas) qu'une foy si peu seure?
Le Ciel la rendra-t-il moins sujette au parjure,
Et ces liens si doux que vous avez brisez
A briser de nouveau seront-ils moins aisez?

Si vous voulez, Seigneur, rappeller mes tendresses,
Il me faut des effets, & non pas des promesses,
Et cette foy n'a rien qui me puisse ébranler,
Quand la main seule a droit de me faire parler.

PACORUS.

La main seule en a droit! Quand cent troubles m'agitent,
Que la haine, l'amour, l'honneur me sollicitent,
Qu'á l'ardeur de punir je m'abandonne en vain,
Hélas! suis-je en état de vous donner la main?

PALMIS.

Et moy, sans cette main, Seigneur, suis-je maîtresse
De ce que m'a daigné confier la Princesse,
Du secret de son cœur? Pour le tirer de moy,
Il me faut vous devoir plus que je ne luy doy,
Estre une autre vous-mesme, & le seul Hyménée
Peut rompre le silence où je suis enchaisnée.

PACORUS.

Ah, vous ne m'aimez plus.

PALMIS.

Je voudrois le pouvoir,
Mais pour ne plus aimer, que sert de le vouloir?
J'ay pour vous trop d'amour, & je le sens renaistre,
Et plus tendre, & plus fort qu'il n'a du jamais estre,
Mais si...

PACORUS.

Ne m'aimez plus, ou nommez ce rival.

PALMIS.

Me préserve le Ciel de vous aimer si mal.
Ce seroit vous livrer à des guerres nouvelles,
Allumer entre vous des haines immortelles...

PACORUS.

Que m'importe, & qu'auray-je à redouter de luy,
Tant que je me verray Suréna pour appuy?
Quel qu'il soit, ce rival, il sera seul à plaindre,

Le Vainqueur des Romains n'a point de Rois à
craindre.

PALMIS.

Je le sçai, mais, Seigneur, qui vous peut engager
Aux soins de le punir & de vous en venger.
Quand son grand cœur charmé d'une belle Prin-
cesse,
En a sceu mériter l'estime & la tendresse,
Quel Dieu, quel bon Génie a dû luy révéler
Que le vostre pour elle aimeroit á brusler?
A quels traits ce rival a-t-il dû le connoistre,
Respecter de si loin des feux encor à naistre,
Voir pour vous d'autres fers que ceux où vous vi-
viez,
Et lire en vos destins plus que vous n'en sçaviez?
S'il a veu la conqueste à ses vœux exposée,
S'il a trouvé du cœur la sympathie aisée,
S'estre emparé d'un bien où vous n'aspiriez pas,
Est-ce avoir fait des vols, & des assassinats?

PACORUS.

Je le voy bien, Madame, & vous, & ce cher frére,
Abondez en raisons pour cacher le mystére.
Je parle, promets, prie, & je n'avance rien;
Aussi vostre intérest est préférable au mien,
Rien n'est plus juste, mais...

PALMIS.

Seigneur...

PACORUS.

Adieu, Madame.
Je vous fais trop joüir des troubles de mon ame,
Le Ciel se lassera de m'estre rigoureux.

PALMIS.

Seigneur, quand vous voudrez, il sera quatre heu-
reux.

Fin du second Acte.

ACTE III.

SCENE I.

ORODE, SILLACE.

SILLACE.

IE l'ay veu par vostre ordre, & voulu par avance
Pénétrer le secret de son indifférence.
Il m'a paru, Seigneur, si froid, si retenu...
Mais vous en jugerez quand il sera venu.
Cependant je diray que cette retenuë
Sent une ame de trouble & d'ennuis prévenuë,
Que ce calme paroist assez prémédité,
Pour ne répondre pas de sa tranquillité,
Que cette indifférence a de l'inquiétude,
Et que cette froideur marque un peu trop d'étude.

ORODE.

Qu'un tel calme, Sillace, a droit d'inquiéter
Un Roy qui luy doit tant qu'il ne peut s'acquiter!
Un service au dessus de toute récompense
A force d'obliger tient presque lieu d'offense,
Il reproche en secret tout ce qu'il a d'éclat,
Il livre tout un cœur au dépit d'être ingrat,
Le plus zélé déplaist, le plus utile gesne,
Et l'excès de son poids fait pancher vers la haine.
Suréna de l'exil lui-seul m'a rappellé,
Il m'a rendu luy-seul ce qu'on m'avoit volé.

Mon ſceptre ; de Craſſus il vient de me défaire ;
Pour faire autant pour luy quel don puis-je luy faire ?
Luy partager mon troſne ? il ſeroit tout à luy,
S'il n'avoit mieux aimé n'en eſtre que l'appuy.
Quand j'en pleurois la perte, il forçoit des murailles,
Quand j'invoquois mes Dieux, il gagnoit des batailles,
J'en frémis, j'en rougis, je m'en indigne, & crains
Qu'il n'oſe quelque jour s'en payer par ſes mains,
Et dans tout ce qu'il a de nom & de fortune,
Sa fortune me péſe, & ſon nom m'importune.
Qu'un Monarque eſt heureux quand parmi ſes Sujets,
Ses yeux n'ont point à voir de plus nobles objets,
Qu'au deſſus de ſa gloire il n'y connoiſt perſonne,
Et qu'il eſt le plus digne enfin de ſa couronne.

SILLACE.

Seigneur, pour vous tirer de ces perpléxitez,
La ſaine Politique a deux extrémitez.
Quoyqu'ait fait Suréna, quoyqu'il en faille attendre,
Ou faites-le périr, ou faites-en un gendre.
Puiſſant par ſa fortune, & plus par ſon employ,
S'il devient par l'Hymen l'appuy d'un autre Roy,
Si dans les différens que le Ciel vous peut faire
Une femme l'entraiſne au party de ſon pére,
Que vous ſervira lors, Seigneur, d'en murmurer ?
Il faut, il faut le perdre, ou vous en aſſûrer,
Il n'eſt point de milieu ...

ORODE.

Ma penſée eſt la voſtre,
Mais s'il ne veut pas l'un, pourrai-je vouloir l'autre ?
Pour prix de ſes hauts faits, & de m'avoir fait Roy,
Son trépas ... ce mot ſeul me fait paſlir d'effroy,

Ne m'en parlez jamais, que tout l'Etat périsse,
Avant que jusque-là ma vertu se ternisse,
Avant que je défére á ces raisons d'Etat,
Qui nommeroient justice un si lasche attentat.

SILLACE.

Mais pourquoy luy donner les Romains en partage,
Quand sa gloire, Seigneur, vous donnoit tant d'ombrage?
Pourquoy contre Artabase attacher vos emplois,
Et luy laisser matiére à de plus grands exploits?

ORODE.

L'événement, Sillace, a trompé mon attente.
Je voyois des Romains la valeur éclatante,
Et croyant leur défaite impossible sans moy,
Pour me la préparer, je fondis sur ce Roy.
Je creus qu'il ne pourroit á la fois se défendre
Des fureurs de la guerre, & de l'offre d'un gendre,
Et que par tant d'horreurs son peuple épouvanté
Luy feroit mieux gouster la douceur d'un Traité,
Tandis que Suréna, mis aux Romains en butte,
Les tiendroit en balance, ou craindroit pour sa cheute,
Et me réserveroit la gloire d'achever,
Ou de le voir tombant, & de le rélever.
Je réüssis á l'un, & conclus l'alliance,
Mais Suréna vainqueur prévint mon espérance.
A peine d'Artabase eus-je signé la paix,
Que j'appris Crassus mort, & les Romains défaits.
Ainsi d'une si haute & si prompte victoire,
J'emporte tout le fruit, & luy toute la gloire,
Et beaucoup plus heureux que je n'aurois voulu,
Je me fais un malheur d'estre trop absolu.
Je tiens toute l'Asie, & l'Europe en alarmes,
Sans que rien s'en impute á l'effort de mes armes,

Et quand tous mes voisins tremblent pour leurs
Etats,
Je ne les fais trembler que par un autre bras.
J'en tremble enfin moi-mesme, & pour reméde
unique
Je n'y voy qu'une basse & dure Politique,
Si Mandane, l'objet des vœux de tant de Rois,
Se doit voir d'un Sujet le rebut, ou le choix.

SILLACE.

Le rebut! vous craignez, Seigneur, qu'il la réfuse!

ORODE.

Et ne se peut-il pas qu'un autre amour l'amuse,
Et que remply qu'il est d'une juste fierté,
Il n'écoute son cœur plus que ma volonté?
Le voicy, laissez-nous.

SCENE II.

ORODE, SURENA.

ORODE.

Suréna, vos services
(Qui l'auroit osé croire!) ont pour moy des supplices,
J'en ay honte, & ne puis assez me consoler
De ne voir aucun don qui les puisse égaler.
Suppléez au défaut d'une réconnoissance,
Dont vos propres exploits m'ont mis en impuissance,

Et s'il en est un prix dont vous fassiez état,
Donnez-moy les moyens d'estre un peu moins ingrat.

SURENA.

Quand je vous ay servy, j'ay receu mon salaire,
Seigneur, & n'ay rien fait qu'un Sujet n'ait dû faire,
La gloire m'en demeure, & c'est l'unique prix
Que s'en est proposé le soin que j'en ay pris.
Si pourtant il vous plaist, Seigneur, que j'en demande
De plus dignes d'un Roy, dont l'ame est toute grande;
La plus haute vertu peut faire de faux pas:
Si la mienne en fait un, daignez ne le voir pas,
Gardez moy des bontez toujours prestes d'éteindre
Le plus juste courroux que j'aurois lieu d'en craindre.
Et si...

ORODE.

Ma gratitude oseroit se borner
Au pardon d'un malheur qu'on ne peut deviner,
Qui n'arrivera point, & j'attendrois un crime,
Pour vous montrer le fond de toute mon estime?
Le Ciel m'est plus propice, & m'en ouvre un moyen,
Par l'heureuse union de vostre sang au mien.
D'avoir tant fait pour moy ce sera le salaire.

SURENA.

J'en ay flaté long-temps un espoir téméraire,
Mais puisqu'enfin le Prince...

ORODE.

Il aima vostre sœur,
Et le bien de l'Etat luy dérobe son cœur,
La paix de l'Armenie à ce prix est jurée,
Mais l'injure aisément peut estre réparée,

J'y sçay des Rois touts prests, & pour vous, dés demain
Mandane que j'attens vous donnera la main.
C'est tout ce qu'en la mienne ont mis des Destinées,
Qu'à force de hauts faits la vostre a couronnées.

SURENA.

A cèt excès d'honneur rien ne peut s'égaler,
Mais si vous me laissiez liberté d'en parler,
Je vous dirois, Seigneur, que l'amour paternelle
Doit à cette Princesse un thrône digne d'elle,
Que l'inégalité de mon destin au sien
Ravaleroit son sang sans élever le mien,
Qu'une telle union, quelque haut qu'on la mette,
Me laisse encor Sujet, & la rendroit Sujette,
Et que de son Hymen, malgré tous mes hauts faits,
Au lieu de Rois à naistre il naistroit des Sujets.
De quel œil voulez-vous, Seigneur, qu'elle me dõne
Une main refusée à plus d'une Couronne,
Et qu'un si digne objet des vœux de tant de Rois
Descende par vostre ordre à cet indigne choix?
Que de mépris pour moy! que de honte pour elle!
Non, Seigneur, croyez-en un serviteur fidelle,
Si vostre sang du mien veut augmenter l'honneur
Il y faut l'union du Prince avec ma sœur.
Ne le meslez, Seigneur, au sang de vos Ancestres
Qu'afin que vos Sujets en reçoivent des maistres:
Vos Parthes dans la gloire ont trop long-temps vescu
Pour attendre des Rois du sang de leur vaincu;
Si vous ne le sçavez, tout le Camp en murmure,
Ce n'est qu'avec dépit que le Peuple l'endure,
Quelles loix eust pû faire Artabase vainqueur
Plus rudes, disent-ils, mesme à des gens sans cœur?
Je les fais taire, mais, Seigneur, à le bien prendre,
C'étoit moins l'attaquer que luy mener un gendre;

Et si vous en aviez consulté leurs souhaits,
Vous auriez préféré la guerre à cette Paix.

ORODE.

Est-ce dans le dessein de vous mettre à leur teste
Que vous me demandez ma grace toute preste;
Et de leurs vains souhaits vous font-ils le porteur
Pour faire Palmis Reine avec plus de hauteur?
Il n'est rien d'impossible à la valeur d'un homme
Qui rétablit son maistre & triomphe de Rome;
Mais sous le Ciel tout change, & les plus valeureux
N'ont jamais seureté d'estre toujours heureux.
J'ay donné ma parole, elle est inviolable,
Le Prince aime Euridice autant qu'elle est aimable
Et s'il faut dire tout, je luy dois cet appuy
Contre ce que Phradate osera contre luy,
Car tout ce qu'attenta contre moy Mitradate,
Pacorus le doit craindre à son tour de Phradate.
Cet esprit turbulent, & jaloux du pouvoir,
Quoy que son frére

SURENA,

Il sçait que je sçay mon devoir,
Et n'a pas oublié que dompter des rebelles,
Déthrosner un tyran...

ORODE.

Ces actions sont belles,
Mais pour m'avoir remis en état de régner,
Rendent-elles pour vous ma fille à dédaigner?

SURENA.

La dédaigner, Seigneur, quand mon zèle fidelle
N'ose me regarder que comme indigne d'elle!
Osez me dispenser de ce que je vous doy,
Et pour la mériter je cours me faire Roy.
S'il n'est rien d'impossible à la valeur d'un homme
Qui rétablit son maistre & triomphe de Rome,
Sur quels Rois aisément ne pourray je emporter
En faveur de Mandane un sceptre à la doter?

Préscrivez

Prescrivez-moy, Seigneur, vous-mesme une conqueste
Dont en prenant sa main je couronne sa teste
Et vous direz après si c'est la dédaigner
Que de vouloir me perdre, ou la faire régner.
Mais je suis né Sujet, & j'aime trop à l'estre
Pour hazarder mes jours que pour servir mõ maître,
Et consentir jamais qu'un homme tel que moy
Souille par son Hymen le pur sang de son Roy.

ORODE.

Je n'éxamine point si ce respect déguise,
Mais parlons une fois avec pleine franchise.
Vous étes mon Sujet, mais un Sujet si grand,
Que rien n'est malaisé quand son bras l'entreprend;
Vous possédez sous moy deux provinces entiéres,
De Peuples si hardis, de Nations si fiéres,
Que sur tant de vassaux je n'ay d'authorité
Qu'autant que vostre zèle a de fidélité.
Ils vous ont jusqu'icy suivy comme fidelle,
Et quand vous le voudrez ils vous suivront rebelle.
Vous avez tant de nom que tous les Rois voisins
Vous veulent comme Orode unir à leurs destins:
La Victoire chez vous passée en habitude
Met jusque dans ses murs Rome en inquietude:
Par gloire, ou pour braver au besoin mon couroux,
Vous traisnez en tous lieux dix mille ames à vous;
Le nombre est peu commun pour un train domestique,
Et s'il faut qu'avec vous tout-à-fait je m'explique,
Je ne vous sçaurois croire assez en mon pouvoir,
Si les nœuds de l'Hymen n'enchaisnent le devoir.

SURENA.

Par quel crime, Seigneur, ou par quelle imprudẽce
Ay-je peu mériter si peu de confiance?
Si mon cœur, si mon bras pouvoit estre gaigné,
Mitradate & Crassus n'auroient rien épargné,

Tous les deux...

ORODE.

Laissons là Crassus & Mitradate,
Suréna, j'aime à voir que vostre gloire éclate,
Tout ce que je vous doy j'aime à le publier,
Mais quand je m'en souviens vous devez l'oublier.
Si le Ciel par vos mains ma rendu cet Empire,
Je sçay vous épargner la peine de le dire,
Et s'il met vostre zéle au dessus du commun,
Je n'en suis point ingrat, craignez d'estre importun.

SURENA.

Je reviens à Palmis, Seigneur. De mes hommages
Si les loix du devoir sont de trop foibles gages,
En est-il de plus seurs, ou de plus fortes loix,
Qu'avoir une sœur Reine, & des néveux pour Rois?
Mettez mon sang au trosne, & n'en cherchez point d'autres,
Pour unir à tel point mes intérests aux vostres,
Que tout cet Univers, que tout nostre avenir
Ne trouve aucune voye à les en desunir.

ORODE.

Mais, Suréna, le puisje après la foy donnée?
Au milieu des aprests d'un si grand Hyménée?
Et rendray-je aux Romains qui voudront me braver
Un amy que la Paix vient de leur enlever?
Si le Prince renonce au bonheur qu'il espére,
Que dira la Princesse, & que féra son pére?

SURENA.

Pour son pére, Seigneur, laissez m'en le soucy;
J'en répons, & pourrois répondre d'elle aussi.
Malgré la triste Paix que vous avez jurée,
Avec le Prince mesme elle s'est déclarée;
Et si je puis vous dire avec quels sentiments
Elle attend à demain l'effet de vos serments,
Elle aime ailleurs.

ORODE.

Et qui ?

SURENA.

C'est ce qu'elle aime à taire,
Du reste, son amour n'en fait aucun mystére,
Et cherche à reculer les effets d'un Traité
Qui fait tant murmurer vostre peuple irrité.

ORODE.

Est-ce au Peuple, est-ce à vous, Suréna, de me dire,
Pour luy donner des Rois, quel sang je dois élire,
Et pour voir dans l'Etat tous mes ordres suivis,
Est-ce de mes Sujets que je doy prendre avis ?
Si le Prince à Palmis veut rendre sa tendresse,
Je consens qu'il dédaigne à son tour la Princesse,
Et nous verrons aprés quel remede apporter
A la division qui peut en résulter.
Pour vous, qui vous sentez indigne de ma fille,
Et craignez par respect d'entrer en ma famille,
Choisissez un party qui soit digne de vous,
Et qui sur tout n'ait rien à me rendre jaloux,
Mon ame avec chagrin sur ce point balancée
En veut, & dés demain, estre débarrassée.

SURENA.

Seigneur, je n'aime rien.

ORODE.

Que vous aimiez, ou non,
Faites un choix vous mesme, ou souffrez-en le don.

SURENA.

Mais si j'aime en tel lieu qu'il m'en faille avoir honte,
Du secret de mon cœur puis-je vous rendre conte ?

ORODE.

A demain, Suréna, s'il se peut, dés ce jour,
Résolvons cet Hymen avec, ou sans amour.
Cependant allez voir la Princesse Euridice,
Sous les loix du devoir ramenez son caprice,

Et ne m'obligez point à faire à ſes appas
Un compliment de Roy qui ne luy plairoit pas
Palmis vient par mon ordre, & je veux en apprendre
Dans vos prétentions la part qu'elle aime aprendre.

SCENE III.

ORODE, PALMIS.

ORODE.

SUréna m'a ſurpris, & je n'aurois pas dit
Qu'avec tant de valeur il euſt eu tant d'esprit :
Mais moins on le prévoit, & plus cet esprit brille,
Il trouve des raiſons à refuſer ma fille,
Mais fortes, & qui meſme ont ſi bien ſuccédé
Que s'en diſant indigne il m'a perſuadé.
Sçavez-vous ce qu'il aime ? Il eſt hors d'apparence
Qu'il faſſe un tel refus ſans quelque préférence,
Sans quelque objet charmant, dont l'adorable choix
Ferme tout ſon grand cœur au pur ſang de ſes Rois.

PALMIS.

J'ay creu qu'il n'aimoit rien.

ORODE.

Il me la dit luy-meſme,
Mais la Princeſſe avoüe, & hautement, qu'elle aime:
Vous étes ſon amie, & ſçavez quel Amant
Dans un cœur qu'elle doit régne ſi puiſſamment.

PALMIS.

Si la Princeſſe en moy prend quelque confiance,
Seigneur, m'eſt-il permis d'en faire confidence ?

Reçoit-on des ſecrets ſans une forte loy...

ORODE.

Je croyois qu'elle peuſt ſe rompre pour un Roy,
Et veux bien toutefois qu'elle ſoit ſi ſévére,
Qu'en mon propre intéreſt elle oblige à ſe taire;
Mais vous pouvez du moins me répondre de vous.

PALMIS.

Ah, pour mes ſentiments je vous les diray tous.
J'aime ce que j'aimois, & n'ay point changé d'ame,
Je n'en fais point ſecret.

ORODE.

L'aimer encor, Madame!
Ayez-en quelque honte, & parlez-en plus bas,
C'eſt foibleſſe d'aimer qui ne vous aime pas.

PALMIS.

Non, Seigneur, à ſon Prince attacher ſa tendreſſe,
C'eſt une grandeur d'ame & non une foibleſſe,
Et luy garder un cœur qu'il luy plût mériter
N'a rien d'aſſez honteux pour ne s'en point vanter.
J'en feray toujours gloire, & mon ame charmée
De l'heureux ſouvenir de m'eſtre veuë aimée
N'étouffera jamais l'éclat de ces beaux feux
Qu'alluma ſon mérite, & l'offre de ſes vœux.

ORODE.

Faites mieux, vangez-vous, il eſt des Rois, Madame,
Plus dignes qu'un ingrat d'une ſi belle flame.

PALMIS.

De ce que j'aime encor ce ſeroit m'éloigner,
Et me faire un éxil ſous ombre de régner.
Je veux toujours le voir, cet ingrat qui me tuë,
Non pour le triste bien de joüir de ſa veuë;
Cette fauſſe douceur eſt au deſſous de moy
Et ne vaudra jamais que je néglige un Roy.
Mais il eſt des plaiſirs qu'une Amante trahie
Gouſte au milieu des maux qui luy coûtent la vie,

Je verray l'infidelle, inquiet, alarmé
D'un rival inconnu, mais ardamment aimé,
Rencontrer à mes yeux sa peine dans son crime,
Par les mains de l'Hymen dévenir ma victime,
Et ne me regarder dans ce chagrin profond
Que le remords en l'ame, & la rougeur au front.
De mes bontez pour luy l'impitoyable image
Qu'imprimera l'amour sur mon pasle visage,
Insultera son cœur, & dans nos entretiens
Mes pleurs & mes soupirs rappelleront les siens,
Mais qui ne serviront qu'à luy faire connoistre
Qu'il pouvoit estre heureux & ne sçauroit plus l'estre
Qu'à luy faire trop tard haïr son peu de foy,
Et pour tout dire ensemble, avoir regret à moy.
Voilà tout le bonheur où mon amour aspire,
Voilà contre un ingrat tout ce que je conspire,
Voilà tous les plaisirs que j'espére à le voir,
Et tous les sentiments que vous vouliez sçavoir.

ORODE.

C'est bien traiter les Rois en personnes communes
Qu'attacher à leur rang ces gesnes importunes,
Comme si pour vous plaire & les inquiéter
Dans le trosne avec eux l'amour pouvoit monter.
Il nous faut un Hymen pour nous donner des Princes
Qui soient l'appuy du sceptre, & l'espoir des Provinces,
C'est là qu'est nostre force, & dans nos grāds destins
Le manque de vengeurs enhardit les mutins.
Du reste, en ces grands nœuds l'Etat qui s'intéresse
Ferme l'œil aux attraits & l'ame à la tendresse,
La seule Politique est ce qui nous émeut,
On la suit, & l'amour s'y mesle comme il peut:
S'il vient, on l'applaudit; s'il manque, on s'en console,
C'est dont vous pouvez croire un Roy sur sa parole,

Nous ne sommes point faits pour dévenir jaloux,
N'y pour estre en soucy si le cœur est à nous.
Ne vous repaissez plus de ces vaines chiméres
Qui ne font les plaisirs que des ames vulgaires,
Madame, & que le Prince aye, ou non, à souffrir,
Acceptez un des Rois que je puis vous offrir.

PALMIS.

Pardonnez-moy, Seigneur, si mon ame alarmée
Ne veut point de ces Rois dont on n'est point aimée,
J'ay creu l'estre du Prince, & l'ay trouvé si doux
Que le souvenir seul m'en plaist plus qu'un époux.

ORODE.

N'en parlons plus, Madame, & dites à ce frére
Qui vous est aussi cher que vous me seriez chére,
Que parmy ses respects il n'a que trop marqué....

PALMIS.

Quoy, Seigneur?

ORODE.

Avec luy je croy m'estre expliqué,
Qu'il y pense, Madame, Adieu.

PALMIS.

Quel triste augure!
Et que ne me dit point cette ménace obscure!
Sauvez ces deux Amants, ô Ciel, & détournez
Les soupçons que leurs feux peuvent avoir donnez!

Fin du troisiéme Acte.

ACTE IV.

SCENE I.

ORMENE, EURIDICE.

ORMENE.

OUy, vostre intelligence à demy-découverte
Met vostre Suréna sur le bord de sa perte,
Je l'ay sçeu de Sillace, & j'ay lieu de douter
Qu'il n'ait, s'il faut tout dire, ordre de l'arréter.

EURIDICE.

On n'oseroit, Orméne, on n'oseroit.

ORMENE.

Madame,
Croyez-en un peu moins vostre fermeté d'ame,
Un Héros arrété n'a que deux bras à luy,
Et souvent trop de gloire est un débile appuy.

EURIDICE.

Je sçay que le mérite est sujet à l'envie,
Que son chagrin s'attache à la plus belle vie,
Mais sur quelle apparence oses-tu présumer
Qu'on pourroit...

ORMENE.

Il vous aime, & s'en est fait aimer

EURIDICE.

Qui l'a dit . . .

ORMENE.

Vous & luy, c'eſt ſon crime & le voſtre.
Il refuſe Mandane, & n'en veut aucune autre,
On ſçait que vous aimez, on ignore l'Amant,
Madame, tout cela parle trop clairement.

EURIDICE.

Ce ſont de vains ſoupçons qu'avec moy tu hazardes.

SCENE II.

EURIDICE, PALMIS, ORMENE.

PALMIS.

Madame, à chaque porte on a poſé des Gardes,
Rien n'entre, rien ne ſort qu'avec ordre du Roy.

EURIDICE.

Qu'importe, & quel ſujet en prenez-vous d'effroy?

PALMIS.

Ou quelque grand orage à nous troubler s'apreſte,
Ou l'on en veut, Madame, à quelque grande teſte.
Je tremble pour mon frére.

EURIDICE.

A quel propos trembler?
Un Roy qui luy doit tout, voudroit-il l'accabler?

PALMIS.

Vous le figurez-vous à tel point insensible,
Que de son alliance un réfus si visible.

EURIDICE.

Un si rare service a sçeu le prévenir,
Qu'il doit récompenser avant que de pu[illegible]

PALMIS.

Il le doit, mais après une pareille offense,
Il est rare qu'on songe à la reconnoissance,
Et par un tel mépris le service effacé
Ne tient plus d'yeux ouverts sur ce qui s'est passé.

EURIDICE.

Pour la sœur d'un Heros, c'est estre bien timide.

PALMIS.

L'Amante a-t'elle droit d'estre plus intrépide?

EURIDICE.

L'Amante d'un Héros aime à luy ressembler,
Et voit ainsi que luy ses périls sans trembler.

PALMIS.

Vous vous flatez, Madame, elle a de la tendresse,
Que leur idée étonne, & leur image blesse,
Et ce que dans sa perte elle prend d'intérest,
Ne sçauroit sans desordre en attendre l'Arrest.
Cette masle vigueur de constance héroique,
N'est point une vertu dont le séxe se pique,
Ou s'il peut jusque là porter sa fermeté,
Ce qu'il appelle amour n'est qu'une dureté.
Si vous aimiez mon frére, on verroit quelque alarme,
Il vous échaperoit un soupir, une larme,
Qui marqueroient du moins un sentiment jaloux,
Qu'une sœur se monstrast plus sensible que vous.
Dieux! je donne l'éxemple, & l'on s'en peut défendre!
Je le donne à des yeux qui ne daignent le prendre!

Auroit-on jamais creu qu'on pûst voir quelque jour
Les nœuds du ſang plus forts que les nœuds de l'amour ?
Mais j'ay tort, & la perte eſt pour vous moins amére,
On recouvre un Amant plus aiſément qu'un frére,
Et ſi je perds celuy que le Ciel me donna,
Quand j'en recouvrerois, ſeroit-ce un Suréna ?

EURIDICE.

Et ſi j'avois perdu cet Amant qu'on menace,
Seroit-ce un Suréna qui rempliroit ſa place ?
Penſez-vous qu'expoſée à de ſi rudes coups,
J'en ſoupire au dedans, & tremble moins que vous?
Mon intrépidité n'eſt qu'un effort de gloire,
Que tout fier qu'il paroiſt, mon cœur n'en veut pas croire,
Il eſt tendre, & ne rend ce tribut qu'à regret,
Au juste & dur orgüeil qu'il dément en ſecret.
Ouy, s'il en faut parler avec une ame ouverte,
Je penſe voir déja l'appareil de ſa perte,
De ce Héros ſi cher, & ce mortel ennui
N'oſe plus aspirer qu'à mourir avec luy.

PALMIS.

Avec moins de chaleur vous pourriez bien plus faire.
Acceptez mon Amant pour conſerver mon frére,
Madame, & puisqu'enfin il vous faut l'épouſer,
Taſchez par Politique à vous y diſpoſer.

EURIDICE.

Mon amour eſt trop fort pour cette Politique,
Tout entier on l'a veu, tout entier il s'explique.
Et le Prince ſçait trop ce que j'ay dans le cœur,
Pour recevoir ma main comme un parfait bonheur.
J'aime ailleurs, & l'ay dit trop haut pour m'en dé-[dire,
Avant qu'en ſa faveur tout cet amour expire.

C'est avoir trop parlé, mais deust se perdre tout,
Je me tiendray parole, & j'iray jusqu'au bout.

PALMIS.

Ainsi donc vous voulez que ce Héros périsse?

EURIDICE.

Pourroit-on en venir jusqu'à cette injustice!

PALMIS.

Madame, il répondra de toutes vos rigueurs,
Et du trop d'union où s'obstinent vos cœurs.
Rendez heureux le Prince, il n'est plus sa victime.
Qu'il se donne à Mandane, il n'aura plus de crime.

EURIDICE.

Qu'il s'y donne, Madame, & ne m'en dise rien,
Ou si son cœur encor peut dépendre du mien,
Qu'il attende à l'aimer que ma haine cessée
Vers l'amour de son frére ait tourné ma pensée.
Resolvez-le vous-mesme à me desobeïr,
Forcez-moy, s'il se peut, moy-mesme à le haïr,
A force de raisons faites-m'en un rebelle,
Accablez-le de pleurs pour le rendre infidelle,
Par pitié, par tendresse appliquez tous vos soins
A me mettre en état de l'aimer un peu moins;
J'acheveray le reste. A quelque point qu'on aime,
Quand le feu diminuë il s'éteint de lui mesme.

PALMIS.

Le Prince vient, Madame, & n'a pas grand besoin
Dans son amour pour vous d'un odieux témoin:
Vous pourrez mieux sans moy flater son espérance,
Mieux en nostre faveur tourner sa déférence,
Et ce que je prevoy me fait assez souffrir,
Sans y joindre les vœux qu'il cherche à vous offrir.

SCENE

SCENE II.

PACORUS, EURIDICE, ORMENE.

EURIDICE.

Est-ce pour moy, Seigneur, qu'on fait garde à vos portes ?
Pour assûrer ma fuite, ay-je icy des escortes ?
Ou si ce grand Hymen pour ses derniers aprests...

PACORUS.

Madame, ainsi que vous chacun a ses secrets.
Ceux que vous honorez de vostre confidence,
Observent par vostre ordre un généreux silence,
Le Roy suit vostre exemple, & si c'est vous géner,
Comme nous devinons, vous pouvez deviner.

EURIDICE.

Qui devine est souvent sujet à se méprendre.

PACORUS.

Si je devine mal, je sçais à qui m'en prendre,
Et comme vostre amour n'est que trop évident,
Si je n'en sçay l'objet, j'en sçay le confident.
Il est le plus coupable, un Amant peut se taire,
Mais d'un Sujet au Roy, c'est crime qu'un mystére.
Qui connoit un obstacle au bonheur de l'Etat,
Tant qu'il le tient caché, commet un attentat.
Ainsi ce confident... vous m'entendez, Madame,
Et je voy dans les yeux ce qui se passe en l'ame.

EURIDICE.

S'il a ma confidence, il a mon amitié,
Et je luy doy, Seigneur, du moins quelque pitié.

PACORUS.

Ce sentiment est juste, & mesme je veux croire
Qu'un cœur comme le vostre a droit d'en faire gloire.
Mais ce trouble, Madame, & cette émotion
N'ont-ils rien de plus fort que la compassion ?
Et quand de ses périls l'ombre vous intéresse,
Qu'une pitié si prompte en sa faveur vous presse,
Un si cher confident ne fait-il point douter
De l'Amant ou de luy qui les peut exciter ?

EURIDICE.

Qu'importe, & quel besoin de les confondre ensemble,
Quand ce n'est que pour vous après tout que je tremble ?

PACORUS.

Quoy! vous me menacez moy-mesme à vostre tour ?
Et les emportemens de vostre aveugle amour...

EURIDICE.

Je m'emporte, & m'aveugle un peu moins qu'on ne pense,
Pour l'avoüer vous-mesme, entrons en confidence.
Seigneur, je vous regarde en qualité d'Epoux,
Ma main ne sçauroit estre, & ne sera qu'à vous,
Mes vœux y sont déja, tout mon cœur y veut estre,
Dès que je le pourray, je vous en feray maistre,
Et si pour s'y réduire il me fait différer,
Cet Amant si chéry n'en peut rien espérer.
Je ne feray qu'à vous, qui que ce soit que j'aime,
A moins qu'à vous quitter, vous m'obligiez vous-mesme :
Mais s'il faut que le temps m'apprenne à vous aimer,
Il ne me l'apprendra qu'à force d'estimer,
Et si vous me forcez à perdre cette estime,
Si vostre impatience ose aller jusqu'au crime...

Vous m'entendez, Seigneur, & c'est vous dire assez
D'où me viennent pour vous ces vœux intéressez.
J'ay part à vostre gloire, & je tremble pour elle
Que vous ne la souilliez d'une tache éternelle,
Que le barbare éclat d'un indigne soupçon
Ne fasse à l'Univers détester vostre nom,
Et que vous ne veuilliez sortir d'inquiétude
Par une épouvantable & noire ingratitude.
Pourrois-je aprés cela vous conserver ma foy,
Comme si vous étiez encor digne de moy,
Recevoir sans horreur l'offre d'une couronne
Toute fumante encor du sang qui vous la donne,
Et m'exposer en proye aux fureurs des Romains,
Quand pour les repousser vous n'aurez plus de mains ?
Si Crassus est défait, Rome n'est pas détruite,
D'autres ont ramassé les débris de sa fuite,
De nouveaux escadrons leur vont enfler leur cœur,
Et vous avez besoin encor de son vainqueur.
Voila ce que pour vous craint une Déstinée,
Qui se doit bien-tost voir à la vostre enchaisnée,
Et deviendroit infame à se vouloir unir,
Qu'à des Rois dont on puisse aimer le souvenir.

PACORUS.

Tout ce que vous craignez est en vostre puissance,
Madame, il ne vous faut qu'un peu d'obéissance,
Qu'éxécuter demain ce qu'un pére a promis,
L'Amant, le Confident n'auront plus d'ennemis.
C'est dequoy tout mon cœur de nouveau vous con- [jure,
Par les tendres respects d'une flâme si pure,
Ces assidus respects, qui sans cesse bravez
Ne peuvent obtenir ce que vous me devez,
Par tout ce qu'a de rude un orgueil infléxible,
Par tous les maux que souffre ...

EURIDICE.

Et moy, suis-je insensible ?

Livre-t-on à mon cœur de moins rudes combats ?
Seigneur, je suis aimée, & vous ne l'étes pas;
Mon devoir vous prépare un assûré rémede,
Quand il n'en peut souffrir au mal qui me possede;
Et pour finir le vostre, il ne veut qu'un moment,
Quand il faut que le mien dure éternellement.

PACORUS.

Ce moment quelquefois est difficile à prendre,
Madame, & si le Roy se lasse de l'attendre,
Pour venger le mépris de son authorité,
Songez à ce que peut un Monarque irrité.

EURIDICE.

Ma vie est en ses mains, & de son grand courage
Il peut montrer sur elle un glorieux ouvrage.

PACORUS.

Traitez-le mieux de grace, & ne vous alarmez
Que pour la seureté de ce que vous aimez:
Le Roy sçait vostre foible, & le trouble que porte
Le péril d'un Amant dans l'ame la plus forte.

EURIDICE.

C'est mon foible, il est vray, mais si j'ay de l'amour, [jour.
J'ay du cœur, & pourrois le mettre en son plein
Ce grand Roy cependant prend une aimable voye
Pour me faire accepter ses ordres avec joye!
Pensez-y mieux de grace, & songez qu'au besoin,
Un pas hors du devoir nous peut mener bien loin.
Aprés ce premier pas, ce pas qui seul nous gesne,
L'amour rompt aisément le reste de sa chaisne,
Et tyran à son tour du devoir méprisé
Il s'applaudit long-temps du joug qu'il a brisé.

PACORUS.

Madame...

EURIDICE.

Aprés cela, Seigneur, je me retire,
Et s'il vous reste encor quelque chose à me dire,

Pour éviter l'éclat d'un orgueil imprudent,
Je vous laisse achever avec mon Confident.

SCENE III.

PACORUS, SURENA.

PACORUS.

SUréna, je me plains, & j'ay lieu de me plaindre.

SURENA.

De moy, Seigneur?

PACORUS.

De vous. Il n'est plus temps de feindre,
Malgré tous vos détours on sçait la vérité,
Et j'attendois de vous plus de sincérité,
Moy qui mettois en vous ma confiance entiére,
Et ne voulois souffrir aucune autre lumiére.
L'amour dans sa prudence est toujours indiscret,
A force de se taire il trahit son secret,
Le soin de le cacher découvre ce qu'il cache,
Et son silence dit tout ce qu'il craint qu'on sçache.
Ne cachez plus le vostre, il est connu de tous,
Et toute vostre adresse a parlé contre vous.

SURENA.

Puisque vous vous plaignez, la plainte est légitime,
Seigneur, mais après tout, j'ignore encor mon crime.

PACORUS.

Vous refusez Mandane avec tant de respect,
Qu'il est trop raisonné pour n'estre point suspect.

Avant qu'on vous l'offrist, vos raisons estoient prestes,
Et jamais on n'a veu de refus plus honnestes.
Mais ces honnestetez ne font pas moins rougir;
Il falloit tout promettre, & la laisser agir,
Il falloit espérer de son orgueil sévére
Un juste desaveu des volontez d'un pére,
Et l'aigrir par des vœux si froids, si mal conceus,
Qu'elle usurpast sur vous la gloire du refus.
Vous avez mieux aimé tenter un artifice
Qui peust mettre Palmis où doit estre Euridice,
En me donnant le change attirer mon couroux,
Et montrer quel objet vous réservez pour vous.
Mais vous auriez mieux fait d'appliquer tant d'adresse
A remettre au devoir l'esprit de la Princesse,
Vous en avez eu l'ordre, & j'en suis plus haï,
C'est pour un bon Sujet avoir bien obey.

SURENA.

Je le voy bien, Seigneur, qu'on m'aime qu'on vous aime,
Qu'on ne vous aime pas, que je n'aime pas mesme,
Tout m'est conté pour crime, & je dois seul au Roy
Répondre de Palmis, d'Euridice, & de moy,
Comme si je pouvois sur une ame enflâmée
Ce qu'ō me voit pouvoir sur tout un corps d'Armée,
Et qu'un cœur ne fust pas plus pénible à tourner,
Que les Romains à vaincre, ou qu'un sceptre à donner.
Sans faire un nouveau crime oseray-je vous dire
Que l'empire des cœurs n'est pas de vostre Empire,
Et que l'amour jaloux de son authorité
Ne reconnoit ny Roy, ny Souveraineté?
Il hait tous les emplois où la force l'appelle,
Dès qu'on le violente, on en fait un rebelle,

Et je ſuis criminel de ne pas triompher,
Quand vous-meſme, Seigneur, ne pouvez l'étouffer!
Changez-en par voſtre ordre à tel point le caprice,
Qu'Euridice vous aime, & Palmis vous haïſſe,
Ou rendez voſtre cœur à vos loix ſi ſoumis,
Qu'il dédaigne Euridice, & retourne à Palmis;
Tout ce que vous pourrez, ou ſur vous, ou ſur elles,
Rendra mes actions d'autant plus criminelles:
Mais ſur elles, ſur vous, ſi vous ne pouvez rien,
Des crimes de l'amour ne faites plus le mien.

PACORUS.

Je pardonne à l'amour les crimes qu'il fait faire,
Mais je n'excuſe point ceux qu'il s'obſtine à taire,
Qui cachez avec ſoin ſe commettent long-temps,
Et tiennent près des Rois de ſecrets mécontents.
Un Sujet qui ſe voit le rival de ſon Maiſtre,
Quelque étude qu'il perde à ne le point paroiſtre,
Ne pouſſe aucun ſoupir ſans faire un attentat,
Et d'un crime d'amour il en fait un d'Etat.
Il a beſoin de grace, & ſur tout quand on l'aime,
Jusqu'à ſe révolter contre le Diadème,
Jusqu'à ſervir d'obſtacle au bonheur général,

SURENA.

Ouy, mais quand de ſon maiſtre on luy fait un rival,
Qu'il aimoit le prémier, qu'en dépit de ſa flame
Il céde, aimé qu'il eſt, ce qu'adore ſon ame,
Qu'il renonce à l'espoir, dédit ſa paſſion,
Eſt-il digne de grace, ou de compaſſion?

PACORUS.

Qui céde ce qu'il aime eſt digne qu'on le loüe,
Mais il ne céde rien quand on l'en deſavoüe,
Et les illuſions d'un ſi faux compliment.
Ne méritent qu'un long & vray reſſentiment.

SURENA.

Tout-à-l'heure, Seigneur, vous me parliez de grace,
Et déja vous passez jusques à la menace!
La grace est aux grands cœurs honteuse à recevoir,
La menace n'a rien qui les puisse émouvoir.
Tandis que hors des murs ma Suite est dispersée,
Que la Garde au dedans par Sillace est placée,
Que le Peuple s'attend à me voir arréter,
Si quelqu'un en a l'ordre, il peut l'éxécuter.
Qu'on veuille mon épée, ou qu'on veuille ma teste,
Dites un mot, Seigneur, & l'une & l'autre est preste,
Je n'ay goutte de sang qui ne soit à mon Roy,
Et si l'on m'ose perdre, il perdra plus que moy.
J'ay vécu pour ma gloire autant qu'il falloit vivre
Et laisse un grand éxemple à qui pourra me suivre;
Mais si vous me livrez à vos chagrins jaloux,
Je n'auray pas peut-estre assez vécu pour vous.

PACORUS.

Suréna, mes pareils n'aiment point ces maniéres.
Ce sont fausses vertus que des vertus si fiéres.
Après tant de hauts faits, & d'exploits signalez,
Le Roy ne peut douter de ce que vous valez,
Il ne veut point vous perdre, épargnez vous la peine
D'attirer sa colére, & mériter ma haine:
Donnez à vos égaux l'éxemple d'obéïr,
Plûtost que d'un amour qui cherche à vous trahir.
Il sied bien aux grands cœurs de paroistre intrépides.
De donner à l'orgueil plus qu'aux vertus solides,
Mais souvent ces grands cœurs n'en font que mieux leur Cour,
A paroistre au besoin maistres de leur amour.

Recevez cet avis d'une amitié fidelle,
Ce soir la Reine arrive, & Mandane avec elle.
Je ne demande point le secret de vos feux,
Mais songez bien qu'un Roy quand il dit, *ie le veux*...
Adieu, ce mot suffit, & vous devez m'entendre.

SURENA.

Je fais plus, je prévoy ce que j'en dois attendre,
Je l'attens sans frayeur, & quel qu'en soit le cours,
J'auray soin de ma gloire, ordonnez de mes jours.

Fin du quatriéme Acte.

ACTE V.

SCENE I.

ORODE, EURIDICE.

ORODE.

NE me l'avoüez point, en cette conjoncture
Le soupçon m'est plus doux que la vérité seure,
L'obscurité m'en plaist, & j'aime à n'écouter
Que ce qui laisse encor liberté d'en douter.
Cepēdant par mon ordre on a mis garde aux Portes,
Et d'un Amant suspect dispersé les escortes,
De crainte qu'un aveugle & fol emportement
N'allast, & malgré vous, jusqu'à l'enlévement.
La vertu la plus haute alors céde à la force,
Et pour deux cœurs unis l'amour a tant d'amorce,
Que le plus grand couroux qu'on voye y succéder
N'aspire qu'aux douceurs de se racommoder.
Il n'est que trop aisé de juger quelle suite
Exigeroit de moy l'éclat de cette fuite,
Et pour n'en pas venir à ces extrémitez,
Que vous l'aimiez, ou non, j'ay pris mes seuretez.

EURIDICE.

A ces précautions je suis trop redévable,
Une prudence moindre en seroit incapable,
Seigneur, mais dãs le doute où vostre esprit se plaist,
Si j'ose en ce Héros prendre quelque intérest,
Son sort est plus douteux que vostre incertitude,
Et j'ay lieu plus que vous d'estre en inquiétude,
Je ne vous répons point sur cet enlévement,
Mon devoir, ma fierté, tout en moy le dément,
La plus haute vertu peut céder à la force,
Je le sçay, de l'amour je sçay quelle est l'amorce,
Mais contre tous les deux l'orgueil peut secourir,
Et rien n'en est à craindre alors qu'on sçait mourir.
Je ne seray qu'au Prince,

ORODE.

Ouy, mais à quand, Madame,
A quand cet heureux jour, que de toute son ame....

EURIDICE.

Il se verroit, Seigneur, dès ce soir mon époux,
S'il n'eust point voulu voir dans mon cœur plus que vous.
Sa curiosité s'est trop embarrassée
D'un point dont il devoit éloigner sa pensée;
Il sçait que j'aime ailleurs, & l'a voulu sçavoir,
Pour peine, il attendra l'effort de mon devoir.

ORODE.

Les delais les plus longs, Madame, ont quelque terme,

EURIDICE.

Le devoir vient à bout de l'amour le plus ferme,
Les grands cœurs ont vers luy des retours éclatants,
Et quand on veut se vaincre, il y faut peu de temps.
Un jour y peut beaucoup, une heure y peut suffire,
Un de ces bons moments qu'un cœur n'ose en dédire,

S'il ne suit pas toujours nos souhaits, & nos soins,
Il arrive souvent quand on l'attend le moins.
Mais je ne promets pas de m'y rendre facile,
Seigneur, tant que j'auray l'ame si peu tranquille,
Et je ne livreray mon cœur qu'à mes ennuis,
Tant qu'on me laissera dans l'alarme où je suis.

OROD E.

Le sort de S[illegible]éna vous met donc en alarme ?

EURIDICE.

Je voy ce que pour tous ses vertus ont de charme,
Et puis craindre pour luy ce qu'on voit craindre à tous
Ou d'un maistre en colére, ou d'un rival jaloux.
Ce n'est point toutefois l'amour qui m'intéresse,
C'est, je crains encor plus que ce mot ne vo'blesse..
Et qu'il ne vaille mieux s'en tenir à l'amour,
Que d'en mettre, & si tost, le vray sujet au jour.

ORODE.

Non, Madame, parlez, mõtrez toutes vos craintes.
Puisje sans les connoistre en guérir les atteintes,
Et dans l'épaisse nuit où vous vous retranchez,
Choisir le vray remède aux maux que vous cachez?

EURIDICE.

Mais si je vous disois que j'ay droit d'estre en peine
Pour un trosne, où je dois un jour monter en Reine,
Que perdre Suréna, c'est livrer aux Romains
Un sceptre que son bras a rémis en vos mains,
Que c'est ressusciter l'orgueil de Mithradate,
Exposer avec vous Paçorus & Phradate,
Que je crains que sa mort, enlévant vostre appuy,
Vous renvoye à l'éxil ou vous seriez sans luy ?
Seigneur, ce seroit estre un peu trop téméraire,
J'ay dû le dire au Prince, & je doy vous le taire,
J'en doy craindre un trop long & trop juste couroux,
Et l'amour trouvéra plus de grace chez vous.

ORODE.

ORODE.

Mais, Madame, est-ce à vous d'estre si Politique?
Qui peut se taire ainsi, voyons comme il s'explique.
Si vostre Suréna m'a rendu mes Etats,
Me les a-t-il rendus pour ne m'obéir pas?
Et trouvez-vous par là sa valeur bien fondée
A ne m'estimer plus son maistre qu'en idée,
A vouloir qu'à ses loix j'obéisse à mon tour?
Ce discours iroit loin, revenons à l'amour,
Madame, & s'il est vray qu'enfin...

EURIDICE.

Laissez m'en faire,
Seigneur, je me vaincray, j'y tasche, je l'espére,
J'ose dire encor plus, je m'en fais une loy,
Mais je veux que le temps en dépende de moy.

ORODE.

C'est bien parler en Reine, & j'aime assez, Madame,
L'impetüosité de cette grandeur d'ame;
Cette noble fierté que rien ne peut dompter
Remplira bien ce throsne où vous devez monter.
Donnez-moy donc en Reine un ordre que je suive.
Phradate est arrivé, ce soir Mandane arrive;
Ils sçauront quels respects a montrez pour sa main,
Cet intrépide effroy de l'Empire Romain,
Mandane en rougira le voyant auprès d'elle,
Phradate est violent & prendra sa querelle.
Près d'un esprit si chaud & si fort emporté
Suréna dans ma Cour est-il en seureté?
Puis-je vous en répondre à moins qu'il se retire?

EURIDICE.

Bannir de vostre Cour l'honneur de vostre Empire!
Vous le pouvez, Seigneur, & vous étes son Roy,
Mais je ne puis souffrir qu'il soit banny pour moy.
Car enfin les couleurs ne font rien à la chose,
Sous un prétexte faux je n'en suis pas moins cause,

Et qui craint pour Mandane un peu trop de rougeur
Ne craint pour Suréna que le fond de mon cœur.
Qu'il parte, il vous déplaiſt, faites vous-en justice,
Puniſſez, éxilez, il faut qu'il obéiſſe.
Pour remplir mes devoirs j'attendray ſon retour,
Seigneur, & jusque-là, point d'Hymen, ny d'amour.

ORODE.

Vous pourriez épouſer le Prince en ſa preſence ?

EURIDICE.

Je ne ſçay, mais enfin je hay la violence.

ORODE.

Empeſchez-là, Madame, en vous donnant à nous,
Ou faites qu'à Mandane il s'offre pour époux.
Cét ordre éxécuté, mon ame ſatisfaite
Pour ce Héros ſi cher ne veut plu de retraite.
Qu'on le faſſe venir. Modérez vos hauteurs,
L'orgueil n'eſt pas toujours la marque des grands cœurs.
Il me faut un Hymen. Choiſiſſez l'un ou l'autre,
Ou luy dites Adieu, pour le moins, jusqu'au voſtre.

EURIDICE.

Je ſçay tenir, Seigneur, tout ce que je promets,
Et promettrois en vain de ne le voir jamais,
Moy qui ſçay que bien-toſt la guerre rallumée
Le rendra pour le moins néceſſaire à l'Armée.

ORODE.

Nous ferons voir, Madame, en cette extrémité
Comme il faut obéir à la néceſſité.
Je vous laiſſe avec luy.

SCENE II.

EURIDICE, SURENA.

EURIDICE.

Seigneur, le Roy condamne
Ma main à Pacorus, ou la vostre à Mandane,
Le réfus n'en sçauroit demeurer impuny,
Il luy faut l'une ou l'autre, où vous estes banny.

SURENA.

Madame, ce réfus n'est point vers luy mon crime:
Vous m'aimez, ce n'est point nõ plus ce qui l'anime.
Mon crime véritable est d'avoir aujourd'huy
Plus de nom que mon Roy, plus de vertu que luy,
Et c'est de là que part cette secrette haine
Que le temps ne rendra que plus forte, & plus pleine.
Plus on sert des ingrats, plus on s'en fait haïr,
Tout ce qu'on fait pour eux ne fait que nous trahir,
Mon visage l'offense, & ma gloire le blesse,
Jusqu'au fond de mon ame il cherche une bassesse,
Et tasche à s'ériger par l'offre, ou par la peur,
De Roy que je l'ay fait, en tyran de mon cœur,
Comme si par ses dons il pouvoit me séduire,
Ou qu'il peust m'accabler, & ne se point détruire.
Je luy dois en Sujet tout mon sang, tout mon bien,
Mais si je luy dois tout, mon cœur ne luy doit rien,
Et n'en reçoit de loix que comme autant d'outrages,
Comme autant d'attentats sur de plus doux hommages.

Cependant pour jamais il faut nous séparer,
Madame.

EURIDICE.

Cet éxil pourroit toujours durer ?

SURENA.

En vain pour mes pareils leur vertu sollicite,
Jamais un envieux ne pardonne au mérite.
Cet éxil toutefois n'est pas un long malheur,
Et je n'iray pas loin sans mourir de douleur.

EURIDICE.

Ah, craignez de m'en voir assez persuadée
Pour mourir avant vous de cette seule idée,
Vivez, si vous m'aimez.

SURENA.

Je vivrois pour sçavoir
Que vous aurez enfin remply vostre devoir,
Que d'un cœur tout à moy, que de vostre personne
Pacorus sera maistre, ou plûtost sa couronne?
Ce penser m'assassine, & je cours de ce pas,
Beaucoup moins à l'éxil, Madame, qu'au trépas.

EURIDICE.

Que le Ciel n'a-t'il mis en ma main & la vostre,
Ou de n'estre à personne, ou d'estre l'un à l'autre ?

SURENA.

Falloit que l'amour vist l'inégalité
Vous abandonner toute aux rigueurs d'un Traité ?

EURIDICE.

Cette inégalité me souffroit l'espérance.
Vostre nom, vos vertus valoient bien ma naissance
Et Crassus a rendu plus digne encor de moy
Un Héros dont le zèle a rétably son Roy.
Dans les maux où j'ay veu l'Arménie exposée,
Mon pays désolé m'a seul tyrannisée.
Esclave de l'Etat, victime de la paix,
Je m'étois répondu de vaincre mes souhaits,

Sans ſonger qu'un amour cóme le noſtre extrème
S'y rend inéxorable aux yeux de ce qu'on aime.
Pour le bonheur public j'ay promis, mais, hélas!
Quand j'ay promis, Seigneur, je ne vous voyois pas.
Voſtre rencontre icy m'ayant fait voir ma faute,
Je différe à donner le bien que je vous oſte,
Et l'unique bonheur que j'y puis espérer
C'eſt de toujours promettre, & toujours différer.

SURENA.

Que je ſerois heureux, mais, qu'oſay-je vous dire?
L'indigne & vain bonheur ou mon amour aspire!
Fermez les yeux aux maux ou l'on me fait courir,
Songez à vivre heureuſe, & me laiſſez mourir.
Un troſne vous attend, le prémier de la Terre,
Un troſne où l'on ne craint que l'éclat du tonnerre,
Qui régle le destin du reste des Humains,
Et jusque dans leurs murs alarme les Romains.

EURIDICE.

J'enviſage ce troſne & tous ſes avantages,
Et je n'y voy partout, Seigneur, que vos ouvrages;
Sa gloire ne me peint que celle de mes fers,
Et dans ce qui m'attend je voy ce que je perds.
Ah Seigneur!

SURENA.

Epargnez la douleur qui me preſſe,
Ne la ravalez point jusques à la tendreſſe,
Et laiſſez-moy partir dans cette fermeté,
Qui fait de tels jaloux, & qui m'a tant couté.

EURIDICE.

Partez, puisqu'il le faut, avec ce grand courage
Qui mérita mon cœur, & donne tant d'ombrage.
Je ſuivray voſtre éxemple, & vous n'aurez point lieu...
Mais j'aperçoy Palmis qui vient vous dire Adieu,

Et je puis en dépit de tout ce qui me tuë
Quelques moments encor joüir de vostre veuë.

SCENE III.

EURICICE, SURENA, PALMIS.

PALMIS.

On dit qu'on vous éxile à moins que d'épouser,
Seigneur, ce que le Roy daigne vous proposer.

SURENA.

Non, mais jusqu'à l'Hymen que Pacorus souhaite
Il m'ordonne chez moy quelques jours de retraite.

PALMIS.

Et vous partez ?

SURENA.

Je pars.

PALMIS.

Et malgré son couroux
Vous avez seureté d'aller jusque chez vous ?
Vous étes à couvert des périls dont menace
Les gens de vostre sorte une telle disgrace ?
Et s'il faut dire tout, sur de si longs chemins
Il n'est point de poisons, il n'est point d'assassins ?

SURENA.

Le Roy n'a pas encor oublié mes services,
Pour commencer par moy de telles injustices,
Il est trop généreux pour perdre son appuy.

PALMIS.

S'il l'est, tous vos jaloux le sont-ils comme luy ?
Est-il aucun flateur, Seigneur, qui luy refuse
De luy préter un crime, & luy faire une excuse ?

En eſt-il que l'eſpoir d'en faire mieux ſa Cour
N'expoſe ſans ſcrupule à ces couroux d'un jour,
Ces couroux qu'on affecte, alors qu'on deſavouë
De laſches coups d'Etat dont en l'ame on ſe louë,
Et qu'une abſence élude attendant le moment
Qui laiſſe évanoüir ce faux reſſentiment.

SURENA.

Ces couroux affectez, que l'artifice donne,
Font ſouvent trop de bruit pour abuſer perſonne.
Si ma mort plaiſt au Roy, s'il la veut toſt, ou tard,
J'aime mieux qu'elle ſoit un crime qu'un hazard;
Qu'aucun ne l'attribue à cette loy commune
Qu'impoſe la Nature & régle la Fortune;
Que ſon perfide autheur, bien qu'il cache ſa main,
Devienne abominable à tout le genre humain;
Et qu'il en naiſſe enfin des haines immortelles,
Qui de tous ſes Sujets luy faſſent des rebelles.

PALMIS.

Je veux que la vengeance aille à ſon plus haut point;
Les morts les mieux vengez ne reſſuſcitent point,
Et de tout l'Univers la fureur éclatante
En conſoleroit mal, & la ſœur, & l'Amante.

SURENA.

Que faire donc, ma ſœur?

PALMIS.

Voſtre azile eſt ouvert.

SURENA.

Quel azile?

PALMIS.

L'Hymen qui vous vient d'eſtre offert.
Vos jours en ſeureté dans les bras de Mandane,
Sans plus rien craindre...

SURENA.

Et c'eſt ma ſœur qui m'y condamne,
C'eſt elle qui m'ordonne avec tranquillité
Aux yeux de ma Princeſſe une infidelité!

PALMIS.

Lors que d'aucun espoir nostre ardeur n'est suivie,
Doit-on estre fidelle aux dépens de sa vie?
Mais vous ne m'aidez point à le persuader,
Vous qui d'un seul regard pourriez tout decider.
Madame! ses périls ont-ils dequoy vous plaire?

EURIDICE.

Je croy faire beaucoup, Madame, de me taire,
Et tandis qu'à mes yeux vous donnez tout mon bien,
C'est tout ce que je puis que de ne dire rien.
Forcez-le, s'il se peut, au nœud que je déteste,
Je vous laisse en parler, dispensez-moy du reste,
Je n'y mets point d'obstacle, & mon esprit confus....
C'est m'expliquer assez, n'éxigez rien de plus.

SURENA.

Quoy, vous-vous figurez que l'heureux nom de gendre,
Si ma perte est jurée, a dequoy m'en défendre,
Quand malgré la Nature, en dépit de ses loix,
Le parricide a fait la moitié de nos Rois?
Qu'un frére pour regner se baigne au sang d'un frére?
Qu'un fils impatient prévient la mort d'un pére?
Nostre Orode luy-mesme où seroit-il sans moy?
Mithradate pour luy montroit-il plus de foy?
Croyez-vous Pacorus bien plus seur de Phradate?
J'en connoy mal le cœur, si bientost il n'éclate,
Et si de ce haut rang, que j'ay veu éblouyr,
Son pére & son aisné peuvent long-temps jouyr.
Je n'auray plus de bras alors pour leur défense,
Car enfin mes refus ne font pas mon offense,
Mon vray crime est ma gloire, & non pas mon amour,
Je l'ay dit, avec elle il croistra chaque jour.
Plus je les serviray, plus je seray coupable;
Et s'ils veulent ma mort, elle est inévitable.

Chaque instant que l'Hymen pourroit la reculer
Ne les attacheroit qu'à mieux dissimuler,
Qu'à rendre sous l'appas d'une amitié tranquille
L'attentat plus secret, plus noir, & plus facile.
Ainsi dans ce grand nœud chercher ma seureté
C'est inutilement faire une lascheté,
Souiller en vain mon nom, & vouloir qu'on m'impute
D'avoir ensévely ma gloire sous ma cheute.
Mais Dieux, se pourroit-il qu'ayant si bien servy
Par l'ordre de mon Roy le jour me fust ravy ?
Non, non, c'est d'un œil qu'Orode me regarde,
Vous le voyez ; ma sœur, je n'ay pas mesme un Garde,
Je suis libre.

PALMIS.

Et j'en crains d'autant plus son couroux;
S'il vous faisoit garder, il répondroit de vous.
Mais pouvez-vous, Seigneur, réjoindre vostre Suite?
Etes vous libre assez pour choisir une fuite ?
Garde-t-on chaque porte à moins d'un grand dessein ?
Pour en rompre l'effet, il ne faut qu'une main.
Par toute l'amitié que le sang doit attendre,
Par tout ce que l'amour a pour vous de plus tendre.

SURENA.

La tendresse n'est point de l'amour d'un Héros,
Il est honteux pour luy d'écouter des sanglots,
Et parmy la douceur des plus illustres flâmes,
Un peu de dureté sied bien aux grandes ames.

PALMIS.

Quoy ! vous pourriez...

SURENA.

Adieu, le trouble où je vous voy
Me fait vous craindre plus que je ne crains le Roy.

SCENE IV.

EURIDICE, PALMIS.

PALMIS.

IL court à ſon trépas & vous en ſerez cauſe,
A moins que voſtre amour à ſon départ s'oppoſe;
J'ay perdu mes ſoûpirs, & j'y perdrois mes pas :
Mais il vous en croira, vous ne les perdrez pas,
Ne luy refuſez point un mot qui le retienne,
Madame.

EURIDICE.

S'il périt, ma mort ſuivra la ſienne.

PALMIS.

Je puis en dire autant, mais ce n'eſt pas aſſez,
Vous avez tant d'amour, Madame, & balancez !

EURIDICE.

Eſt-ce le mal aimer que de le vouloir ſuivre :

PALMIS.

C'eſt un excès d'amour qui ne fait point revivre,
Dequoy luy ſervira noſtre mortel ennuy ?
Dequoy nous ſervira de mourir après luy ?

EURIDICE.

Vous vous alarmez trop, le Roy dans ſa colére
Ne parle..

PALMIS.

Vous dit-il tout ce qu'il prétend faire ?
D'un troſne où ce Héros a ſçeu le replâcer,
S'il en veut à ſes jours, l'oſe-t-il prononcer ?
Le pourroit-il ſans honte & pourrez vous attendre?
A prendre ſoin de luy, qu'il ſoit trop tard d'en prendre ?

N'y perdez aucun temps, partez, que tardez-vous ?
Peut-estre en ce moment on le perce de coups,
Peut-estre...

EURIDICE.

Que d'horreurs vous me jettez dans l'ame!

PALMIS.

Quoy ? vous n'y courez pas !

EURIDICE.

Et le puis-je, Madame ?
Donner ce qu'on adore à ce qu'on veut haïr,
Quel amour jusque-là pût jamais se trahir ?
Sçavez-vous qu'à Mandane envoyer ce que j'aime
C'est de ma propre main m'assassiner moy-mesme ?

PALMIS.

Sçavez-vous qu'il le faut, ou que vous le perdez ?

SCENE V.

EURIDICE, PALMIS, ORMENE.

EURIDICE.

JE n'y résiste plus, vous me le défendez.
Orméne vient à nous, & luy peut aller dire
Qu'il épouse ... Achevez tandis que je soupire.

PALMIS.

Elle vient toute en pleurs !

ORMENE.

Qu'il vous en va couter!
Et que pour Surêna....

PALMIS.

L'a-t-on fait arréter ?

ORMENE.

A peine du Palais il sortoit dans la ruë,
Qu'une fléche a party d'une main inconnuë,

Deux autres l'ont ſuivie, & j'ay veu ce vainqueur,
Comme ſi toutes trois l'avoient atteint au cœur,
Dans un ruiſſeau de ſang tomber mort ſur la place.

EURIDICE.

Helas !

ORMENE.

Songez à vous, la ſuite vous menace,
Et je penſe avoir meſme entendu quelque voix
Nous crier qu'on appriſt à dédaigner les Rois.

PALMIS.

Prince ingrat, laſche Roy ! Que fais tu du Tonnerre
Ciel, ſi tu daignes voir ce qu'on fait ſur la Terre,
Et pour qui gardes tu tes carreaux embraſez,
Si de pareils Tyrans n'en ſont point écraſez ?
Et vous, Madame, & vous, dont l'amour inutile
Dont l'intrépide orgueil paroiſt encor tranquille,
Vous qui bruſlant pour luy, ſans vous déterminer,
Ne l'avez tant aimé que pour l'aſſaſſiner ;
Allez d'un tel amour, allez voir tout l'ouvrage,
En recueillir le fruit, en gouſter l'avantave.
Quoy ! vous cauſez ſa perte, & n'avez point de pleurs?

EURIDICE.

Non, je ne pleure point, Madame, mais je meurs,
Orméne, ſoûtien moy.

ORMENE.

Que dites-vous, Madame ?

EURIDICE.

Généreux Suréna, reçoy toute mon ame,

ORMENE.

Emportons-la d'icy pour la mieux ſecourir.

PALMIS.

Suſpendez ces douleurs qui preſſent de mourir,
Grands Dieux, & dans les maux où vous m'avez plongée
Ne ſouffrez point ma mort que je ne ſois véngée.

Fin du cinquiéme & dernier Acte.

www.ingramcontent.com/pod-product-compliance
Ingram Content Group UK Ltd.
Pitfield, Milton Keynes, MK11 3LW, UK
UKHW031938260826
14628UKWH00004B/1704

9 782019 699598